MariQuita

Ernesto González

Novela finalista del Concurso Novedades-Diana
México, 1993

MariQuita

Ernesto González

CAAW EDICIONES

2017

Titulo original: *MariQuita*
© Ernesto González, 1993
© Segunda edición revisada, CAAW Ediciones, 2017
ISBN: 978-1-946762-05-4

Foto de cubierta:
Ⓢ https://pixabay.com/en/users/olafpictures-2427999/
Diseño de cubierta: © Jorge L. Álvarez

Escribí esta novela a finales de los años ochenta, para recoger una etapa oscura de la historia de mi país que, paradójicamente, tuvo un imborrable encanto. Mis ideas no son las de entonces. El contacto con otras realidades tiene el poder de transformarnos, si no nos empeñamos en levantar un muro entre nosotros con nuestras ideas fosilizadas, y el mundo tal como es. Estos personajes hablarían hoy de forma diferente.

Dos de los amigos que inspiraron estas historias murieron de sida en Estados Unidos. Con uno de ellos me reencontré en 1994. Había mantenido su nobleza, si bien su inteligencia sorprendente, casi renacentista, había desaparecido. Murió en un club gay de Fort Lauderdale, víctima de una sobredosis de drogas.

Ernesto González
Chicago, 28 de febrero del 2008

A quienes, en cualquier latitud, han padecido y han sido sepultados por los credos,
siempre excluyentes, y por la entronización
de la impostura

A los amigos de aquellos años inolvidables

Se debe subrayar la importante tarea de los perseguidores de cualquier nacimiento.

Silvio Rodríguez

El aposentador

$\mathcal{J}$avy, Javy, eres el maricón más asumido que conozco, por eso no me extraña que estés como la Violeta de *La traviata*, despidiéndote del mundo con canciones y risas, y pese a tu militante ortodoxia, poseyendo o dejándote poseer por todo lo humano que te pase por delante.

Javy, Javier Eduardo de la Concepción, concebido para *lograrse* mañana y tarde, para ser poseído en los clósets de los albergues de becados, en las azoteas y los pasillos de cualquier barrio de La Habana, en las escaleras de la calle Monte y en el cementerio chino de la Avenida 26, y en los portales, y en ríos y sobre guijarros, en las malezas del Parque Almendares, y en más de catorce malezas de las catorce provincias de la isla.

Javy, mi amigo de tantos años, mi compañero de tanto sexo compartido, de tanto peligro y tantos maltratos. Tengo que sentarme a escribirte, no puede pasar de hoy. Y primero voy a repasar las cartas y las postales que me enviabas hasta hace unos años, por mi cumpleaños y por Navidad.

Hoy es Nochebuena, otra Nochebuena que no celebramos juntos, al menos comiendo revoltillo y arroz blanco, y tomando sirope ruso: «Esto está matado, Emilito, ¡inmetible!, el arroz empegostado, el revoltillo bajo de sal, ¡inmetible!, eres insoportablemente para la cocina, ¡qué va!, última vez que te acepto una invitación a comer». Cómo te recuerdo todas las Nochebuenas, amigo mío, y especialmente esta, cuando me han llegado malas noticias sobre ti. ¿Te acordarás de aquella que pasaste haciendo guardia en la universidad? Le caíste gordo al profesor encargado de asignar las custodias y dos cursos seguidos te tocó cuidar la Colina universitaria el veinticuatro de diciembre. En la segunda ocasión estábamos alquilados en una casa de Guanabo y el grupo en pleno acudió a despedirte a la parada de guaguas. Allí estuvimos acompañándote casi dos horas porque la ruta 62 no paraba, hasta que enganchaste un taxi y te fuiste tristón. Esa fue una Nochebuena mamalona, me dirías después, cuando me contaron lo que te había ocurrido y corrí a verte.

Al llegar a tu puesto de guardia en la Colina, rifle al hombro, viste que pasaba un negro de esos que han sido tus mejores trofeos de campaña: alto, musculoso y de sexo muy sostenido, venático, como tú les dices, porque sientes la vena de abajo al eyacular dentro de ti, *summum* de tu *summum*. El negro había avizorado *vicio* en tu rostro lampiño, alargado, en tu boca de Betty Boop, y en tus ojos, y tú le habías preguntado la hora. «La una», te respondió, y añadió enseguida: «¿qué haces?, ¿guardia?». «Sí», susurraste nervioso, bajo la portañuela del pantalón del negro se hinchaba la vena que tú has consagrado como el *summum* de tu *summum*. La vena se hinchaba y no pudiste menos que manifestar tu perfecta asunción acariciando la cremallera que iba a reventar de deseo. «Abre y sácala», te ordenó de pronto, «te la tienes que meter completa en la boca y tragarte la leche». Bah, decirte eso a ti, Javy, qué poca perspicacia la suya, qué mal descifrador de tu mirada, de tu rostro, de tu fusil inquieto, resultó ser este negro. «Ven, sígueme», le ordenaste. «Oye, ¿y no habrá lío?», preguntó él, indeciso. «Ninguno, ven, ¡dale!». Y el negro te siguió caminando doblado, para ocultar en vano su sexo, hasta el hueco donde está la cafetería de la universidad.

Bajaste los diez escalones jadeando de excitación, olvidado de que estabas de guardia, de que había un compañero de tu grupo a unos pasos de allí cuidando la entrada de la biblioteca central, de que había otro en la puerta del estadio, de que un profesor de la facultad hacía la ronda, de que apenas habías acabado de ocupar tu puesto de vigilancia junto a uno de los muros que dominan la Plaza Cadenas. Una cremallera pujante de deseo de abrirse, un pubis por develar, un ombligo que se alza o se hunde en una planicie abdominal repleta de cuadritos duros, cuadriculada por la fascinante resistencia de los músculos, la estrechez de una cintura y un sexo venático, grueso y sostenido podían infinitamente más que la expectativa de dedicarte a la cibernética y el riesgo de caer en prisión.

«¿Estás seguro de que no hay lío?», insistió tu negro. «Ninguno», aseguraste empujando el macizo de oscuridad que no distinguías, contra las piedras que cubrían las paredes de la hondonada y formaban el portal de la cafetería. Y te arrodillaste en el piso a engullir el sexo morado, sostenido, venoso y negro de tu negro. Tu respiración alterada y un persistente sonido de tu garganta y de tu pecho de asmático, siempre me divertían cuando ejercitábamos el sexo en pareja o compartiendo los encantos del cuerpo de un mismo amante de ocasión. Al aproximarte al final, el alboroto de tus jadeos, tu garganta y tu nariz me provocaban una risa tal, que prefería abandonar el ejercicio, levantarme e irme del sitio para no perturbarte. Eras un infatigable devorador de las energías y las armas de tu compañero de sexo, por lo que demorabas en reconocer mi partida y mis risas contenidas, sin que menguara un ápice tu excitación, con un cuerpo para ti solo. Continuaste lamiendo la vena y engullendo la totalidad del arma de tu negro, y saboreándola y respirando altísimo. Tuviste suerte de no caer preso y no quedarte insatisfecho. Eso te deprimía tanto como la cárcel.

El negro disfrutaba dando modulaciones de bajo, acariciando tu pelo ensortijado, cuyo color aclarabas con agua oxigenada, o intentando inútilmente ensartarte una oreja con su dedo más delgado y pequeño, «nadie acaricia como los negros, Emilito, nadie tiene ese calor, nadie». Estábamos de acuerdo, hicieran lo que hicieran, tomaran o dieran, nadie se desenvolvía con mayor disfrute y entrega que los mulatos y los negros, o quienes tuvieran de esa pinta. Sin embargo, las pocas veces que te enamoraste jamás fue de uno de ellos.

«¡Qué boca más caliente, compadre!», susurró el negro en medio de una de sus modulaciones de bajo, y una de sus manos bajó a comprobar que te habías tragado, además de la vena, los huevos, «¡qué bárbaro!, ¡coñó!, ¡ay!, fff…». La vena tembló y el negro eyaculó abundante, jadeando, «¡cojones, pinga, qué rico, cojones!», te pegó por las caderas y las nalgas y te las puso al rojo vivo, «¡tu madre, qué rico, cojones!». Y tú, Javy, chupaste, succionaste, aspirando los rezagados vestigios del techo, las paredes, del fondo de la vía por donde se expulsa la savia que da locura.

«Espérate, déjame a mí», susurraste, te escupiste una mano y con ella mojaste con saliva el sexo goteante y venoso, te viraste de espaldas y aprisionaste a tu negro entre la piedra lisa y fría de la pared y tus nalgas. Y empujabas. «No te muevas, no, déjame a mí», susurraste sintiendo cómo el negro se iba deslizando lento, dilatador, y te empezaste a mover hacia los lados, y tu respiración volvió a alborotar la Colina, y las interjecciones de tu negro se mezclaban con tus hipidos. Y tus muslos eran aferrados por dos pedazos de noche divididos en dedos, que exigían espacios del blanquísimo aposentador de la savia que eras tú, y la vena te hendía, y hubieras deseado que la pared que soportaba la espalda de tu hombre fuera de una materia más fuerte que la piedra, para que sus carnes y sus músculos resistieran mejor los embistes de tus nalgas y no se contrajeran por tu furia, y que tu negro fuera, todo él, dureza tierna que te trataba de ensartar una oreja usando inútilmente uno de sus dedos.

«Voy», te decía, «voy». «No, no», y seguiste aposentando el trozo de noche atravesado por una vena renovada de savia, dispuesta a eternizarse dentro de ti. «Voy, voy». «No, no». «Es que no aguanto» (son muy raros los negros que no aguantan, casi siempre es uno quien no los aguanta). «¡No!», gritaste, «¡no quiero! ¡NO!». El fusil se te resbalaba del hombro y te lo volvías a colocar, y creías que te estaba violando, a punta de metralleta, un negro capitán o teniente, vestido con su uniforme verde oliva, que despedía ese olor a botas rusas desesperadamente excitante. En verdad, treinta negros te rodeaban con sus pantalones de uniforme colgando por las rodillas, sin botas, que se habían quitado a una orden tuya, y te apuntaban treinta vergas rígidas, y treinta manazas se frotaban el sexo hacia adelante, hacia atrás. Hacia delante, las treinta cabezas y las treinta venas estaban a punto de reventar de inflamación y rigidez; hacia atrás, las treinta gargantas emitían quejidos y obscenidades; hacia delante, te desplazabas arrodillado hacia cada una de las treinta venas rígidas para complacer a los venáticos engullendo su rigidez con tu boca de

Betty Boop; hacia atrás, corrías arrodillado de verga en verga, a recoger las gotas de la aguada preliminar, que no se mancillara ni una sola gota en el piso, que una a una fueran a aliviar tu garganta reseca. Y te inclinaste y metiste tu nariz de bota en bota para desesperarte y desesperarlos, y los uniformados te decían ¡ven!, te exigían ¡cojones, ven!, y fuiste arrodillado de uno en uno mamándosela a los treinta.

El fusil se te volvió a correr del hombro y lo volviste a acomodar, y seguiste aposentando el pedazo de noche que te hendía las nalgas, seguiste moviéndote como una batidora Osterizer nueva de paquete en su máxima revolución, batiendo, revolviendo, «¡no, no, todavía no!», «¡no puedo!», ¡ahí va, cógela!», «dámela», «cógela», «¡dámela! ¡Dámela, coño!», gritaste. «¡Ssiiiió, cojones! ¡Ay, dámela, coño!», volviste a gritar, «ssssió, ¡cojones, coño, ay, ay, dámela!, ¡ay!» (lloraste). Llorabas porque un mar de savia se escapaba de las treinta vergas venáticas que te apuntaban, un mar de savia se había alzado y te estaba cubriendo, y te elevaba envuelto en su furia, y te hundía y te ahogaba y te daba mucha locura. Y un dolor y un gusto juntos sin intenciones de terminar alborotaron la madrugada en la colina de la universidad, el estadio y la biblioteca central.

De un tirón, el negro te sacó el rifle del hombro y te apuntó: «Dale, encuérate». «¿Cómo?, ¿qué?». «¡Que te encueres, cojones!», te repitió sacudiendo el cañón del arma, «¡que te encueres, maricón de mierda!». Estabas sentado en el piso, aterrorizado. Te quitaste el *jean* que tenías a media pierna, el pulóver y los tenis. El negro recogió las cosas que le tendías acoquinado y te propinó un culatazo con el rifle, que te tendió sin sentido en el cemento. Y huyó de la hondonada donde estaba la cafetería, encaramándose en las piedras que le habían servido de respaldo para soportar los embistes de tus nalgas y mejor aposentarse entre ellas.

Las he sacado de la gaveta del escaparate y de la bolsita de *nylon* que las guardan, y aquí están, abiertas en abanico sobre la cama: las pocas letras que alcanzó a escribirme Rafa, las cartas con los primeros asombros de Javy (en este país todo es exagerado, las tiendas, los edificios, los baños, las fresas, todo, te podrás imaginar las libras y las diarreas que he cogido), las postales, cuatro mariconas de patas peludas cubiertas por medias largas, con barbas y bigotes, vestidas de enfermeras, en tacones y pintarrajeadas, se discuten la colocación de la sonda a un joven completamente enyesado, una foto montaje de Stallone desnudo y con la picha parada, y muchísimos recortes porno que al descubrir en el sobre con tu carta me dieron ganas sincrónicas de mearme o venirme. En mi contestación te pedí que no volvieras a molestarte con semejantes regalos. ¡Qué pronto se te había olvidado cómo eran las cosas en Cuba!

En medio de estos rostros están los hipidos y la respiración del Javy, que devora las energías del negrazo acabado de ligar en la esquina. Veo tu risa, Javy, «ay, Emilito, se te ocurre cada bobería, eres insoportablemente», y tu expresión que espera lo peor de ese policía que te viene para arriba. Aquí están, además, las hojas arrancadas de la libreta de colegio que usé como diario y que salvé de un jalón de las garras de la impostura, antes de echarme a correr confundido y horrorizado. Hojas amarilleadas por el transcurso de veintitrés años, que conservan el estrujón como si hubiera sido acabado de dar. Escribiendo en esa libreta quiso un niño ayudarse a definir sus propios trazos, cuando apenas se le empezaban a revelar, irrenunciables.

Lucy, dale al indio tu anillo

«*¡Ay*, Emilito!, ¿cómo se te ocurrió nacer en una familia de comunistas? Eso nada más podía pasarte a ti. Eres insoportablemente». No podía menos que nacer, Javy, y volverme comunista también, y al oír el timbre del teléfono, correr a cogerlo encima del piano y saludar a mi interlocutor soltando un sonoro ¡Patria o Muerte, dígame!, que retumbaba por la casa y reafirmaba mis ínfulas de revolucionario de diez años. No podías creerme y te doblabas de risa imaginándome parado, teléfono en mano, repitiendo la consigna que me sabía a miel inmerecida. Eso fue lo que escuché desde que nací, ¿qué iba a hacer? «¡Patria o Muerte!, Emilito, ¡mentira!, es que no lo puedo creer». Y te volvías a doblar de risa. Y te estuviste riendo hasta que te empezó uno de esos ataques de hipo que te daban, y estuviste hipando tres días completos, y la pareja de tortilleras[1] que nos cuidaban en el albergue de la beca no sabían qué hacer contigo.

¿Y lo de la lista negra? ¿Te acordarás, Javy? Gabito y yo listamos los nombres de los maricones, bugarrones y entendidos[2] del pueblo, y agregamos los de las cuatro tortilleras connotadas que había, y Gabito repetía que la lista iba a estar incompleta, pues las mujeres se ligan y revientan sus tortillas calladitas, y al día siguiente siguen siendo buenas esposas y madres y ni un gramo de sospecha puede pesar sobre ellas. Y hacen el paripé de estar satisfechas con sus maridos. Se pintan, se arreglan, no hay quién pueda señalarlas ni con un dedo, aunque con un dedo o con los cinco hubieran acabado de satisfacer a otra mujer. Gabi tenía una sólida filosofía del lesbianismo.

---

[1] Tortillera (despectivo/vulgar): En Cuba, lesbiana. *(N. del E.)*
[2] Entendido (vulgar): En Cuba, homosexual no declarado. Hombre o mujer que se *entiende* con los homosexuales. *(N. del E.)*

Alcancé a Gabi en sexto grado, llevaba tres años repitiéndolo. Nos hicimos amigos y fue a casa, y le encantó, por lo grande. Comenzó a tocarse la portañuela y quería retozar, y lo botaba a caja destemplada, y me respondía que no fuera a creer que «yo vengo a esta casa por ti, como no hay nada que hacer y me aburro, no te equivoques». «Espérate», le advertí, «de eso puedes estar seguro, por mí solo podrá venir una mujer». «¡Eres insoportablemente, Emilito, horrible!», era Javy en las tertulias de la beca, «¡quítateme de adelante, por favor, maricón, comunista y encima reprimido! ¡No puedo contigo, eres insufrible, insoportable!».

Sordo a mi indignación, y a las veces que le dejé de dirigir la palabra, Gabito insistía en que a mí me gustaba «eso». Y acabó por mostrármela una tarde que montábamos cachumbambé en el parquecito de la calle Calixto García. Con un impulso se elevó sentado en uno de los extremos del cachumbambé, que chirriaba que daba lástima. Me tocó a mí y él descendió, y aguantándose con los pies para evitar un cambio de posición, se abrió la portañuela y se la sacó: «Mírala, no está grande, pero se pone dura». Y se la acariciaba, e indiferente a mi indignación se masturbó y embarró la manija del destartalado cachumbambé que daba lástima. Estuve sin hablarle varias semanas.

Una noche nos vimos por la calle Real, nos echamos a reír y volvimos a ser amigos. Fue cuando se me ocurrió hacer una lista negra para registrar a los entendidos que habíamos identificado en el pueblo y en la escuela. Iniciamos la lista por los viejos: Jorge, el panadero, que mariconeaba a los hombres casados; el maestro dulcero, bugarrón empedernido y arrebatado, cuya picha Gabito toqueteaba por la portañuela para que nos regalara unas cuantas panetelas secas de la dulcería del pueblo; incluimos a Idelfonso, un comunista cuyo compromiso, veinte años menor que él, se había casado con su hija y vivían todos juntos en la casa familiar; metimos al profesor de Física, buenísimo él, que practicaba pesas; y a Pedro, la loca más bonita del pueblo, loca del culo y de la cabeza, alto y con unos ojos inmensos de mil tonalidades distintas. Y le confesé a Gabito mis secretos amoríos de frotadura, que encontró cómicos. Y tú: «En esas estupideces te entretenías, en esa basura, no lo puedo imaginar, eres insoportablemente». No te creí, Javy, cuando me confesaste que el aprendizaje de tus *desapariciones* se remontaba a los ocho años, con niños de tu edad a quienes obligabas a metértela. Mis amoríos de frotadura eran, para ti, mañas de incompetente, boqueadas de mi inútil postergación.

Siempre estaba solo en casa por las tardes y mis compañeros de escuela me visitaban. Y le decía a Leonardo: «Vamos a correr una máquina[3] por teléfono». Yo marcaba el número de la funeraria y le preguntaba al empleado si Campeón, el perro que acompañaba los entierros del pueblo, se había cagado ese día en la puerta del cementerio. Mi compañero de aula se recostaba a mí pegando su oído al auricular, escuchando las reacciones a mi broma, y me iba acomodando de frente a él para que las portañuelas se rozaran, mientras el empleado de la funeraria se cagaba en el coño de mi madre. O ensayábamos un paso del yeyé, el ritmo de moda, para la fiesta en ciernes, *búscate una chica, una chica yeyé, que tenga mucho ritmo y que cante en inglés*, en la retadora voz de la primerísima vedette Rosita Fornés, que exhortaba a cantar nada menos que en inglés. De frente, arrodillados, seguíamos la música del yeyé de Rosita, agitando los brazos y los puños cerrados alrededor del cuerpo, y pegando los pubis hasta que se nos humedecían de aguada preliminar los calzoncillos.

Una vez quise ensayar con el himno nacional. «¿Con qué?». «¡Ay, Javy!, al *15* de Paul Anka, grabado a finales de los cincuenta, le llamábamos el himno nacional, era lo que poníamos en las fiestas, lo último en el pueblo». Y una tarde, Leonardo y yo nos pusimos a practicar unos pasillos del *monkey*, otro ritmo de moda, y se me fueron las manos para las empinadas nalgas de Leonardo. «¡Oye!», me gritó, «¡eso sí que no, por *alante* lo que tú quieras, por atrás no vayas a inventar!». Su empujón me desplomó sobre las suásticas que formaban las losas del piso de la sala, y se fue dando un portazo. Me alegré de que se me hubieran desplazado las manos para sus nalgas, eso sirvió para que mi

[3] Correr una máquina (popular): En Cuba, hacer una broma telefónica. *(N. del E.)*

compañero de frotadura dejara en claro cuáles eran las reglas del juego. Y no volví a violarlas.

Si hubieras conocido a Ricardo, Javy, no se te habría escapado. A decir verdad, tampoco habrías quedado satisfecho, porque *no vive lejos*[4]. La suya es mediana, aunque eso lo compensan su cara y su altura. Un día jugábamos de manos en el sofá y me vi sobre el corpachón de Ricardo, cuyos pies sobresalían encaramados en uno de los brazos del mueble. Nos fuimos aquietando en esa posición, percibiendo nuestras formas idénticas y sus calores. Me estaba poniendo colorado y le tapé la cara con un cojín para que no lo descubriera. Sentí cómo Ricardo bajaba sus manazas por mi espalda y las metía en mi pantalón y palpaba mis nalgas y me las apretaba, y rocié nuevamente de aguada preliminar mi calzoncillo viejo, y me moví un poco, y me moví más al ver que él no protestaba, y me moví tanto que solté, dando un respingo, un chorro de savia que me encharcó el pubis, el calzoncillo y una parte de los muslos (por algo tenía trece años), y como estaba colorado como un tomate, corrí al baño. Él esperó que saliera para ir a masturbarse.

Anselmo sí te hubiera encantado, seguía contándote durante las noches de palique en el albergue, un rubiazo con cuerpo de estibador, piernotas y espaldonas, que *vivía lejos*. En un receso nos quedamos solos en el aula, se acercó y me la descargó en un hombro. Y como tú, Javy (al elegir el asiento del pasillo en una ruta 32, en vez del de la ventanilla), moví mi hombro. «Vamos a estudiar esta noche», me susurró Anselmo colocando mi mano en mi hombro sobrecargado. Fue, como prometió, y estudiamos en la sala mientras mami veía televisión en la saleta. Me bajé el pantalón del pijama para que Anselmo me viera las nalgas y las acariciara. Y lo hizo, con una patada de sus botas cañeras. Tuve que correr al baño a aliviarme de la ardentía echándome agua y friccionándome con una toalla.

Castillo, en cambio, fue mi idilio. Le explicaba gramática y señalaba sus faltas de ortografía rozando mis dedos con los suyos y mi pierna con la suya por debajo de la mesa del comedor.

---

[4] Vive lejos (vulgar): En Cuba, que tiene el pene grande. *No vive lejos*, tiene el pene pequeño. *(N. del E.)*

Y él se dejaba acariciar y frotar, muy interesado en las reglas de acentuación que le iba detallando. Jamás pasamos de eso, ni angustias ni satisfacciones.

Javy, ¿te acordarás como casi te meas de risa al describirte mi debut de frotaduras? Mi madre era directora de la *crèche* de niños del pueblo, en cuyo patio jugaba al abracado con el hijo de la cocinera. Nos abracábamos y caíamos en la hierba. Rodábamos tres o cuatro metros, nos deteníamos ceñidos y así permanecíamos callados unos minutos. «Vamos a jugar al abracado», invitaba a Luisito, cuatro años mayor que yo, al ver que me gustaba ese ceñirme a él disimulado por el juego, y ese rozar de portañuela contra portañuela, y el olor a formas iguales, a confrontación de identidades, a deseo que se descubre. Y rodábamos abracados, aplastando la hierba del patio de la *crèche*. «Te enviciaste, Emilito». Sí, no me atreví a metérmela hasta que te conocí en la beca, comprobar las barbaridades anales que cometías y ser testigo del anal de barbaridades que convirtió tu culo en un círculo de pliegues rugosos, como de centenaria *desaparecedora*. «Emilito», me tratabas de convencer, «¿cuándo vas a rebasar tu período tortilleril?, ¿cuándo te vas a graduar de maricón? ¡Eres insoportable!».

Fue Félix, a quien conocí en la parada de Coppelia. Después de una breve conversación, me arrastró para la lomita de la calle G, frente al obelisco. «Sube», decía desde arriba, «¡sube, coño, que te ven!». Con mil trabajos pude llegar arriba. Félix se bajó el pantalón de trabajo voluntario, me bajé mi uniforme de becado. Se echó saliva y me penetró con cuidado. (Era grande y pude, Javy, ¡pude!, ¿grande?, ¿la de Félix?, ¡Emilito!). Y él: «¡Muévete, coño, muévete carajo!». Y yo me movía sin encanto ni sapiencia, y él se vino alborotado. Me subí el pantalón, luego de secarme el fondillo con unas hojas secas, y me tiré de la lomita para ir a buscarte por la calle G, por El Carmelo de 23, por Coppelia y por la parada de El Coctel. Desde Radiocentro te vi. Venías subiendo por L. Acababas de salir del baño del Pío Pío. Corrí hacia ti. «¡Pude, Javy!», y te conté, «oye, lo que estoy preocupado, desde que Félix me la sacó no he parado de tirarme peos». «¿Soltaste sangre?». «No sé», e insistí, «¿y los peos, Javy?, ¿no se me habrá soltado un órgano por dentro?, ¿tú crees que esto me dure mucho tiempo?». «¿El reguero de peos? Dos o tres días, no es nada. Gases de primeriza en el oficio».

Mis fiestas en casa las amenizaba el mejor tocadiscos del pueblo y, estoy seguro, de la provincia. Una mixtura de amplificador marca National, plato sueco, bocina USA y bafle diseñado y hecho por un carpintero del vecindario. El mueble del tocadiscos, el amplificador y la madera del bafle habían cogido comején, eso no impedía que bailáramos al ritmo del *rock* suave o alocado del *15* de Paul Anka. En junio de 1967, el himno nacional de las fiestas del pueblo era el equivalente de haber comprado en Londres el *Sgt. Pepper's* recién salido al mercado. El *15* de Paul Anka y la WJBS de Miami, que se escuchaba en el pueblo con mejor nitidez que la emisora local, eran los únicos puntos de contacto que teníamos con la música en inglés. Pronto, la WJBS fue silenciada: el gobierno instaló en esa frecuencia una retransmisora de Radio Rebelde. Y la WQAM la captábamos solo ciertos privilegiados que habíamos alcanzado a comprar los radios alemanes de bombillos, a la venta para celebrar lo que sería la última Navidad cubana en varios lustros.

De las canciones del *Sgt. Pepper's*, los trovadores del colegio realizaron versiones al español, permisibles de interpretar. *With a Little Help from My Friends* fue vinculada a las atrocidades de los yanquis en Vietnam donde, por lo que dedujimos, luchaba el demonio encarnado en el Tío Sam contra un pueblo de apóstoles, que resistía estoicamente al agresor sin tirar un tiro, de lo que respetaba la vida humana, aun las vidas de sus agresores. *Lucy*, la que estaba en el cielo rodeada de diamantes, era una burguesa acaparadora de piedras, una ignorante a quien había que aleccionar acerca de las vicisitudes de los pobres del mundo. *She's Leaving Home* definió la postura claramente antipatriótica de She, una joven que se iba de Cuba. *Lovely Rita* representaba la prostitución enterrada para siempre. *Getting Better* decía algo así como que cada día nos iba a ir mejor que nunca, y en *When I'm Sixty Four* se aseguraba la felicidad y el estado de maravillosa realización que sentiríamos en la vejez, incluso anticipadamente, al haber contribuido a construir el comunismo y poder dedicar el tiempo libre, que dicho sistema nos depararía, al estudio de instrumentos musicales, artesanía y música, en fin, al desarrollo del espíritu con la vida material resuelta y preservada.

Ricardo, Alberto y Anselmo eran los trovadores de la escuela, y disfrutábamos sus peculiares versiones del mundo de los Beatles en los actos políticos, en los trabajos voluntarios y durante las fiestas en casa. Por entonces, mi pueblo estaba siendo engullido por el comején. Las puertas y ventanas interiores de casa cebaron a multitud de esos agresores de alitas intranquilas. Se salvarían del banquete el piano, el portón de entrada y los juegos de cuartos de madera dura. Lo demás, incluyendo al mueble de la música, estaba siendo banqueteado por las muelitas, o los dientecitos, o sabrá el Diablo qué, de los cabrones bichos.

A Ricardo se le deshizo la guitarra en las manos dando unos acordes de *Lucy, dale al indio tu anillo, Lucy, dale al negro tu afán*. Se le desbarató completica en un instante y nos quedamos sobrecogidos por el inmerecido final de la única guitarra del pueblo, una profanación a la nueva trova aficionada. Y mami y papi, y los mamis y papis de mis compañeros, y sus abuelos, le corrían detrás al camión cisterna que repartía luz brillante por las bodegas del pueblo, con más pasión que a los huevos que traían cada semana a la pescadería. Y a las familias que estaban esperando su salida del país se les oía decir: «¡Ay, qué ganas tengo de largarme de una vez, a ver si me deja de joder este comején!, ¡ay Señor, pon tu mano y sácame de esta casa, que el techo me va a caer arriba!, ¡ay, Dios mío!, haz que traigan suficiente petróleo de la Unión Soviética para que haya suficiente luz brillante en este pueblo». Y en las casas de los comunistas: «Ojalá que los hermanos soviéticos descubran, en uno de sus grandes centros de investigaciones, una cura para el comején y nos la manden».

En mi pueblo, la epidemia de comején fue primera causa de las solicitudes de salida del país, de urgentes mudadas y de asilos en el extranjero. La gente corría desesperada detrás del carro cisterna (los especuladores hacían miles de pesos) y en el portal de las farmacias se formaban unas colas tremendas para agujas de inyectar. Y por las madrugadas, en las colas de las tiendas de la calle Real para el par de medias que tocaba a los hombres, las esposas se lamentaban: «se me deshizo la puerta de la cocina, se me partió la tabla de planchar y me cayó la plancha caliente en un pie, por eso estoy en chancletas, se me desprendió el cuadro de Timoteo, de la pared...». Y en casa, mi padre inyectaba el mueble del tocadiscos por sus cuatro costados, en balde, los bichos se esfumaban unas horas, y en una limpieza mi madre descubría en el suelo las repugnantes virutas redondas, como señal de que los topos de la madera habían reaparecido.

Una tarde, durante una de mis fiestas, mientras escuchábamos *Lonely Boy*, el plato sueco del tocadiscos se vino abajo y fue a parar al piso de suásticas verdes de la saleta de casa. Quienes apretaban a sus novias y enamoradas aprovecharon el asombro para acentuar el apretón, yo le di un tirón a Mayra como si su cintura me hubiera acabado de quemar. Corrí a asomarme por la tapa levantada del tocadiscos para comprobar que sí, que el plato sueco seguía girando con el *15* de Paul Anka y la aguja del brazo seguía hendiendo los surcos del acetato. Y cuando nos apretujamos alrededor del tocadiscos, y Gabito con disimulo tocaba a Ricardo, y Pedri, la loca más bonita del pueblo, loca del culo y de la cabeza, rozaba la portañuela de Alberto, y yo me disponía a desconectar el enchufe de la pared... ¡Plaff!, el National vino al piso y el grupo se apiñó a la derecha del mueble. Aproveché el movimiento para rozar la portañuela de Nelson, uno de los versistas de los Beatles, quien usaba unos pantalones blancos ajustados (tubos), que le apretaban los huevos de mala manera. Y mi padre, para poder oír sus discos de danzones, resolvió la situación metiendo el plato de tocadiscos sueco en una caja de cervezas, y colocó el National encima del bafle, cuyas partes carcomidas sustituyó con madera nueva.

En ese ínterin, las fiestas fueron suspendidas, hasta que un Día de Reyes amaneció debajo del arbolito de Navidad, junto a los demás regalos, una grabadora RCA Víctor de los años cincuenta, que un individuo le había vendido a mi padre en La Habana. El estuche de la grabadora era un maletín forrado de tela carmelita gastada. En el reverso de la tapa se guardaba el micrófono, el cable de la corriente y un carrete vacío. Abrir, revisar y estrenar aquel regalo de Reyes de la década pasada, era excitante. Lo horrible era que el micrófono transmitía corrientazos por dondequiera, resultaba patético grabar con él. Pensando remediar ese trastorno de la edad y el uso, coloqué una tonga de libros que alcanzara a la bocina del radio, puse el micrófono encima y eché a andar la operación apretando el botoncito de arriba con un lápiz, mientras hundía la tecla *record* sin miedo a la corriente, porque era plástica. El *stop*, plástico también, detenía la grabación, pero el encendido carecía de manija, por lo cual mi padre le había adaptado una de metal que acopló a la perfección, aunque transmitía corrientazos. Opté por graduar la llave de los agudos y los graves en el término medio, para no estar obligado a tocarla, y cubrirla con la manija de metal. Y encajé la original de ese control, de plástico, en la llave del encendido. De igual forma, para mover el micrófono tenía que desconectar la grabadora, pues me cogían los chuchazos de la corriente a pesar de haberla puesto en *off*. Era un derroche de fantasía y previsión el ordenamiento del tinglado y el funcionamiento de esa RCA Victor. No obstante, su fama desplazó al himno nacional y a los versistas de los Beatles, que se habían quedado sin guitarra.

Y podíamos bailar con la música de los programas de radio *Sorpresa Musical* y *Nocturno*, grabados por mí. Nelson hizo novedosas adaptaciones a la antena del radio alemán de bombillos, que permitieron mejorar la recepción de la WQBM, y pude grabar canciones de esa emisora. Y mis fiestas se hicieron famosas en el pueblo, y se llenaba de muchachos la saleta, la sala y el salón de estar, para oír y ver la grabadora de Emilito. Y como había que hacerles regalos a las novias, y en las tiendas no había ni dónde amarrar la chiva, fueron desapareciendo las lágrimas de la araña de la sala de casa. Así aprovisioné con vidrios los pechos de nuestras amadas los sábados por la noche, para que recorrieran con elegancia el parque La Libertad hacia la derecha y hacia la izquierda. Entretanto, empecé a escribir mi diario.

☿

Terminaron las vacaciones. El lunes 8 empezaron las clases, cada uno contando alto, para que los demás oyéramos, lo bien que la pasó en La Habana y Varadero. Leonardo estuvo dándome vueltas con lo de que Mayra está enamorada de mí. Me propuso hacer una fiestecita entre María Elena, él, Mayra y yo. Además del himno, que Nelson le vendió antes de irse para España, Leonardo dijo que nos daría una sorpresa. El himno está nuevo y eso que tiene diez años. Según el maestro de historia, Paul Anka es canadiense, no es hippie y podemos escucharlo sin problema.

El viernes me bañé y me puse mi camisa McGregor de los años cuarenta, la de los sábados, regalo de mi tío. Aparecieron, y la sorpresa de Leonardo era nada menos que un disco de los Beatles que le habían prestado, Una dura noche, que escuchamos bajito. Qué canciones, mejor que el himno. Nos pusimos a apretar con Mayra y María Elena. Besé a Mayra, creo que sí está enamorada de mí. Tengo que practicarlo y aprender, porque no me gustó. Aparte de que hallé los labios y el aliento de Mayra fríos. Demasiada saliva, me la regó por la cara. Le diré que debe cerrar un poco la boca. ¡Qué peste deja la saliva en la cara! Le pregunté si quería ser novia mía y me respondió que sí. Leonardo y María Elena se metieron en uno de los cuartos, y yo fui a mi buró y le traje a Mayra el último poema que escribí. Le gustó. Estábamos muy juntos y no sé qué me pasó. Me inspiró confianza y le confesé lo que no le he dicho ni a mi madre: que planeaba estudiar literatura y hacerme escritor. Nacen para ser felices.

Leonardo vivía en una casa colonial junto a la escuela, en la calle Real del pueblo. Había un patio central hermosísimo, cuyo piso lo formaban chinas pelonas y canteros de margaritas, rosas y mil flores que jamás he vuelto a ver así armonizadas, y malangas de hojas pequeñas y de hojas inmensas, y enredaderas y una fuente que nunca se secaba. En el ala de la casona, que nacía en una cochera adaptada a recibidor, estaba la hilera de cuartos amueblados. El de los abuelos, el del tío que vivía en La Habana y el de las tías solteronas que habían criado a mi amigo. Y su dormitorio de cara a la cochera que hacía de recibidor, con una ventana que iba del techo al piso y se abría hacia el portal, y una cortinilla que siempre estaba negra del hollín de la calle Real. Un muro rajado y verdoso de musgos formaba una L que moría en la cocina, y era donde terminaba el largo corredor hacia el cual se abrían los cuartos.

Y yo guío el velocípedo rojo que había pertenecido al tío de Leonardo, y él va parado en el travesaño que une las dos ruedas traseras, rozándome la espalda con su pichita; y pedaleo sudando y recorriendo el portal, y cruzo la cochera, convertida en un recibidor con un juego de sala antiguo, y casi tumbo al piso el retrato de los abuelos que está en la mesa del centro; y salgo al patio, y el gallo pinto amaestrado, adoración de Leonardo, nos mira receloso, y aumento la velocidad y el miedo le baja la pichita y me golpea la espalda: «¡Ya, coño, ya, coño, ya, coño! ¡Ya, ya!». Y tropiezo con una china pelona, poco pelada, que nos tumba encima de unos tablones, y me he encajado un clavo en la cadera y lloro, Leonardo ríe: «¡Me alegro, me alegro!». Y tía Blanca me oye y grita, y viene un hombre que pasaba por la calle, me carga y me lleva a la consulta del doctor Pascual, el mejor del pueblo, en la acera del frente de la casona.

Es día de unos reyes que a los niños cubanos solo nos van a traer un juguete básico de más de diez pesos, y dos no básicos de menos de diez, y mis padres han pagado por el derecho de comprarme dos juguetes básicos (un trencito eléctrico y un tanque de pilas), además del que me tocaba, con la libreta de racionamiento de una mujer divorciada, madre de cinco negritos. Las tías solteronas han hecho igual, y a Leonardo no le gustan y se emperra: «No me da la gana de comer, tía Prieta, no me da la gana de bañarme, tía Blanca, no me da la gana de acostarme, no me da la gana de hacer las tareas y no me da la gana de la gana». Y me pongo del color rojo de esas plumas del gallo pinto de Leonardo, por la vergüenza que paso, me escurro y tomo la acera, y en la calle Real todavía oigo los gritos de mi amiguito enumerando los «no me da la gana». Llego a casa y beso a mi madre, y me encaramo encima de mi padre para que se me quite la tristeza. Y mi hermana Rita: «Emilito, deja a papá, que viene cansado del trabajo».

Al día siguiente, temprano, vuelvo a despertar a Leonardo por la ventana del portal, y tía Prieta me abre la puerta y los cuatro oímos por radio el programa *Tía Tata cuenta cuentos*, y a las ocho menos cinco estamos en la escuela, al lado. Y cuando pude montar patines, aprendí a hacerlo con uno y de milagro, y mi padre me regala la bicicleta Niágara que había sido de mi tío militar, y le puso dos rueditas detrás porque me moría de miedo. Y Leonardo y yo ensayamos el yeyé de Rosita Fornés, y le corríamos máquina por teléfono al empleado de la funeraria, que nos manda al carajo, y pegábamos las dos portañuelas y nos bañábamos de aguada preliminar, y un mediodía despertó mi siesta parado frente a la cama y su picha se le quería partir: «¡cará, si tú fueras mujer verías lo que te iba a hacer!».

Anselmo y Castillo se habían ido con sus familias para España, sin haber cumplido los quince años, y se iban decenas de compañeros míos y era pecaminoso preguntar por ellos. Y Marina, una prima de Ricardo vecina nuestra, les dijo a mis padres que a medida que los estudiantes llegaban a España los sometían a exámenes y los matriculaban en un curso adelantado con respecto al que seguían en Cuba. Y mami y papi alababan la educación comunista.

Venía la época de carnavales, y los bajan de categoría y se escoge a la Estrella y sus Luceros en vez de a la Reina y sus Damas, y la Revolución construyó una funeraria en las afueras del pueblo y la antigua fue convertida en el «Centro Nocturno Lucero: para disfrute del obrero». Y volví a disfrazarme con el antiguo traje de mago, de demonio (sabrá Dios de qué), que había usado mi tío capitán del Ejército Rebelde, residente en La Habana. La seda roja y la capa negra se rasgaban por un mínimo roce, podridas, y mami conseguía unas telas parecidas, las cortaba y las pegaba como parches con la máquina de coser, «¡qué importancia tienen, Emilito, olvídate!, la casa de disfraces desapareció, no pongas esa cara, no se ha muerto nadie, lo importante es la fiesta y que ustedes se diviertan». Y contrataban a artistas de la capital, que actuaban en el «Centro Lucero para disfrute del obrero», y nos escapamos del aula con ansias de ver en persona a Luisa María Güell (*nonoletá, nonoletá, piramorti*), hospedada en el hotel Santiago-Habana, y aunque armamos tremendo alboroto en la escalera y el recibidor, no se asomó ni a saludar. Y fuimos a escuchar a Georgia Gálvez, quien cantaba en francés (*Capri, c'est fini*), y a Martha Strada, *abrázame fuergerte, fuergerte, bien fuegerte, más fuergerte.*

En la secundaria, la escuela al campo era siempre alrededor de diciembre y la Nochebuena se convirtió en nocheigual y la Navidad en nadidad, y a las cinco de la mañana nos despertaba un disco amplificado por el altoparlante del campamento: *Martí lo dijo en un libro, que me lee mi papá, nacen para ser felices, el porvenir es la paz.* Y al vaivén de las carretas, camino de los surcos, amaneciendo, cantábamos: *Nacen para ser felices, el porvenir es la paz.* Y sembrando caña o despajándola, sudando a mares: *Martí lo dijo en un libro, que me lee mi papá.* Y el almuerzo en el comedor del campamento, idéntico a todos los almuerzos y las comidas que había visto desde que tenía uso de razón: arroz blanco empegostado, chícharos aguados, un huevo duro y un pedazo de boniato hervido. Acompañados de: *Nacen para ser felices, el porvenir es la paz.* Y Pedro, un mulato bongosero enamoraba a Peter, la loca más linda del pueblo, loca del culo y de la cabeza, y Gabito bailaba casino y daba *concierto*s de flauta[5] en las duchas, según me contaría después.

Leonardo reemplazó a los trovadores emigrados y montó el coro para la actividad cultural: *un, du e tre, morti Vietnam, un, du e tre, morti Vietnam.* Fue él, mi compañero de la primaria y de frotadura telefónica, con ciertos rasgos de abogado, quien obtuvo del director de la escuela autorización para usar, intercalado en el bis de la pieza, el patronímico original de la burguesa acaparadora de diamantes: *Lucy, dale al indio tu anillo, Lucy, dale al negro tu afán.* «Que no haya confusiones, muchachos, atiendan bien lo que les voy a decir», aclaró el director al confirmar en persona la autorización anhelada: «No vaya a pensarse que esta medida representa un paso en falso ni una debilidad ideológica. Solo que es válido el planteamiento de Leonardo. Hay cantantes cubanos

---

[5] Sexo oral a un hombre. (*N. del E.*)

que interpretan fragmentos de sus canciones en francés. Así que hemos autorizado que por esta vez cante esa canción en inglés. HOY». ¡Viva el director! ¡Viva, viva! Un chíe para el director. Bombo chíe, bombo chíe, chíe chá. Y al terminar los aplausos, y los chíes, Leonardo entonó: *Lucy in the sky with diamonds, Lucy in the sky with diamonds.* Y los demás, como en un sueño felizmente consagrado: *Lucy in the sky with diamonds, Lucy in the sky with diamonds.*

Había notado que de mis frotaduras emanaba una fetidez carente de relación con los olores, de sobra conocidos, de la aguada preliminar y de la savia que da locura. Descubrí que era caballero cubierto[6] y eso me traía problemas, pues la trompita de elefante, prieta, era una especie de manito que me acariciaba el extremo de la picha provocándome una eyaculación precoz. Y mi tío de La Habana, médico y capitán del Ejército Rebelde: «Que se acostumbre a halar el pellejo, eso no es nada». Se empinaba la botella de cerveza e iba a arrancarle un pedazo de pellejo crujiente al puerco, que se estaba asando en el patio de casa. Y Gabito: «¡Ay, qué peste!, y eso blanco es del orine y de la leche, eso es sebingo[7], ¡ay, lávate la pinga, puerco!».

Gabito se enamoró de mi casa por el tamaño, su familia vivía muy estrecha, y «cogió metedero». Y mami: «Oye, Emilito, ese chiquillo es un chusma, no me gusta nada». «¡Ay, mami!». «¿Ay mami? Te digo que es un chusma, acuérdate, te lo advierto. No me gusta». «¿Y cómo te cae Pedro?». «Ese niño es diferente. Su familia es revolucionaria y es educado». Eran las mismas plumas en Gabito que en Pedro, la loca más bonita de mi pueblo, loca del culo y de la cabeza. No obstante, era cierto, Gabito conservaba la impronta de la miseria en sus gestos, en su decir. «Pedrito es intranquilo, eso sí, es la edad», justificaba mi madre las plumas

---

[6] Caballero cubierto (popular): En Cuba, fimosis: cuando el orificio del prepucio es demasiado estrecho para dejar salir al glande. *(N. del E.)*

[7] Sebingo (vulgar): En Cuba, despectivo de sebo. Secreción producida por el poco o ningún aseo del pene. *(N. del E.)*

de linaje revolucionario de quien ya se hacía llamar Peter entre sus amigos, «es de muy buena familia», ¡cómo no!

Gabito hizo grandes esfuerzos por ganarse la simpatía de mi madre. Cuando estábamos solos en casa por las tardes, actualizando la lista negra de los maricones y bugarrones locales, me interrumpía e iba a buscar el plumero, y empezaba a sacudir los muebles que jamás dejaban de exhibir una pátina rojiza, el color de la llanura donde se asienta mi pueblo. Gabito desempolvaba el juego de saleta, de sala, los sillones del recibidor, el sofá de la biblioteca, y humedecía una hoja de periódico y limpiaba las lunas de los juegos de cuarto, barría el comején del piso (te voy a traer luz brillante, en casa hay, ¡mentira!), arreglaba los adornos de porcelana y los cuadros, limpiaba las lámparas. Por gusto. «¡Ese niño no me gusta nada, Emilito!», repetía mi madre.

Yo no hacía caso y mi primer amigo de ambiente seguía visitándome por las tardes. Traigo dos sillas y lo siento frente a mí, y le doy vueltas a la manivela del abridor de latas español que nos había regalado mi tío. «Gabi», le digo, «cierra bien los ojos, que esto adivina el futuro, apriétalo y dime qué sientes». «¡Ay, sí, qué extraño!». Corro a esconderme al patio y él vocea buscándome por los cuartos: «Emilito, deja esas gracias, Emilio, mira que me da miedo esta casa, yo creo que aquí hay muertos. ¡Emilio, cojones, que aquí hay muertos! ¡EMILITO, COJONES!». Yo me iba corriendo, sin cerrar la puerta de la calle ni mirar atrás, y Gabi salía aterrorizado detrás de mí.

Y era fatal para que mami lo descubriera pajareando. Yo modelaba un vestido, bailaba ballet, recitaba, y no pasaba nada. En cambio, Gabi solo empezaba (*cómpreme usted señorito, que no vale más que un real, cómpreme usted este ramito pa' lucirlo en el ojal*) y mami abría la puerta y lo miraba con deseos de comérselo vivo. O era que se paraba frente a la luna de la sala, recién lustrada por él, y colocándose una estola en los hombros: *Yo soy Cecilia, yo soy Cecilia, Cecilia Vaaaldés*. Y mami abre la puerta y ni lo saluda: «¿De dónde saldría la voz de la gritona esa?, ¿hay una soprano de visita? Porque no la veo por ninguna parte». Gabito acabó por bautizar a mi madre como Sherlock Holmes. Y vino la prohibición definitiva: «No quiero ver a ese chiquillo dando un paso de la puerta de la calle para acá, no lo quiero volver a ver en esta casa, ¡acuérdate!».

En las pruebas de educación física, Gabito, porque sabía usar sus músculos, y Peter, la loca más linda del pueblo, loca del culo y de la cabeza, por hiperquinética, eran los mejores en salto y carrera. Y subían la soga. Yo jamás alcancé a subirla, aun estando llena de nudos que ayudaban a hacerlo. Y Leonardo: «Emilito, impúlsate con los pies y agarras el nudo, y subes un poco y así». No podía. Mis compañeros me habían alzado sobre sus hombros y alcanzaba un nudo, enroscaba mis pies en la soga e intentaba un impulso que no resultaba, mientras me gritaban de abajo: ¡dale, que vas a llegar, dale! Y percibí los comentarios: «Emilito parece medio maricón, coño, hasta Pedro la subió y él no puede...». Después de varios intentos infructuosos, cansado como yo, el profesor de educación física ordenaba que me bajaran, y me otorgaba un aprobado.

Y habíamos disfrutado del plan de la calle, donde jugábamos bolas y pelota, y del plan de la escuela al campo, y se nos explicaba el plan de estudios, y nos llevaban al plan vacacional. Y dijimos: «¡Basta, queremos ir solos a Varadero!». Y nuestros padres: «Tengan cuidado, ustedes son unos vejigos todavía, y miren a ver con quién se juntan y qué hacen y cuándo regresan, eso es una estupidez de fin de semana, si pueden ir al plan vacacional en agosto». Y mami: «Está bien, dile a los muchachos que consigan saquitos de harina de castilla o de azúcar, les voy a hacer una casita de campaña para dormir». ¿Saquitos de harina?, ¿de dónde? «Cada uno que ponga un saco, yo consigo el resto».

Leonardo le robó tres saquitos a tía Prieta: «¡Ay, niño, sé que fuiste tú, me vas a volver loca, eran para hacerte una camisa de mangas largas, se acerca el invierno y no tienes que ponerte!, mira que te hace falta, eres un jovencito y andas sin ropa». Y Nelson trajo un saco y Ricardo quiso traer uno de yute y los demás no pudieron resolver ninguno. Mami estuvo dos días sentada pedaleando en la máquina de coser, y cosió el techo de la casa de campaña: «Lo voy a teñir de rojo». Y empató los sacos y cosió las paredes: «Las voy a teñir de azul». Y arrancamos para

Varadero, donde había flete[8], y *hippies* que usaban camisa de caqui grises de trabajo voluntario, pantalones de mezclilla virados al revés (residuales de los años cincuenta transformados en última moda) y collares de santajuanas en el pecho, y andaban con libros bajo el brazo; y había pepillas en minifalda o escandalizando con sus bikinis. Y de pronto, tenían que salir corriendo todos porque la policía los quería recoger.

Fuimos a parar a DuPont, antiguo reparto de ricos cuyas casonas pertenecían al INIT[9], y plantamos la flamante casa de campaña de techo rojo y paredes azules a un costado de la entrada, en el césped, en medio de cuatro palmas. Y fuimos a bañarnos a la playa y retozamos, y durante una madrugada, esperando con ansiedad a Leonardo para la frotación disimulada, empezó a caer un aguacero del carajo y la casa de campaña se destiñó, y se nos empaparon los bultos, y destilaron azul las paredes y estuvo lloviendo hasta las cinco o las seis de la mañana. Al amanecer pusimos a asolear los pulóveres viejos y remendados, los pantalones ancestrales y los tenis comprados por la libreta. Y nos turnamos para cuidar el secado de nuestros bienes, y estando de guardia pasó por la carreterita del barrio DuPont un trigueño que me volvió loco, me miró tocándose la portañuela del *short* y se la paró, y temblé de lo nervioso que me puse, y levanté la puerta de la casa de campaña y entré. Él siguió caminando con su picha parada, mirando hacia atrás. Y vi que al reparto entraban autos americanos que habían sido particulares y ahora eran de personajes gordos, y había trasiego de familias de guajiros que supuse eran funcionarios del gobierno o militares como mi tío de La Habana, que poseían acceso a las mansiones alquiladas por el INIT.

Era nuestra segunda madrugada en Varadero y fui acercándome a Leonardo, quien se hacía el dormido, para intentar restregarme un poco con él, cuando se encendieron dos focos deslumbrantes en dirección a la tienda de campaña. «¡Oye, oigan,

---

[8] Fletear (vulgar): En Cuba, buscar relaciones sexuales con desconocidos. También, prostituirse. *(N. del E.)*
[9] Siglas para Instituto Nacional de la Industria Turística. *(N. del E.)*

despiértense!», grité brincando. Entraron dos hombres empuñando pistolas: «¡Arriba, arriba, de pie y con las manos en la espalda!». Y otros dos penetraron por las paredes azules de la cabaña de saquitos de harina, que levantaron de un tirón. Y nosotros: ¿Qué es?, ¿qué pasó? «Aquí nadie dice nada», advirtió el jefe de la operación. Nos cachearon: «Recojan sus porquerías sin demora, arriba, que están presos». ¿Qué pasó, qué fue lo que hicimos?, ¿de qué nos acusan? «Que aquí nadie dice nada, cojones, no vuelvan a abrir la boca». Desarmamos el tinglado desteñido y empaquetamos los cuatro trapos viejos. «¡Arriba, arriba, métanse en la perseguidora, arriba que nos vamos!».

Nos encerraron en un calabozo y telefonearon al pueblo para averiguar quiénes éramos. Estábamos acusados de intento de salida ilegal del país. Nos fueron entrevistando por separado. Y claro, enseguida confirmaron que no éramos sino seis comemierdas que solo habían querido divertirse ajenos a cualquier plan, y que nuestras familias eran revolucionarias y todo eso, «y tú mira a ver cómo te portas, colorado, mira a ver (era conmigo), que sabemos bien quién es tu padre». Y nos llevaron en la perseguidora Ford a la terminal de ómnibus, «se van directico para su pueblo». Y tiraron en la acera, amarrada, la tienda de campaña que había diseñado y teñido mi madre. «Directico y por la sombrita hacia el pueblo, y no se les ocurra volver a Varadero porque van a cumplir de verdad».

El plan vacacional volvió a ser la única opción y fuimos a una escuela de natación en el reparto Kawama, a la entrada de Varadero, y en una de sus mansiones destruidas por los estudiantes, por el altoparlante: *Ese monstruo sin piedad, que se llama imperialismo, ha matado a muchos niños y hoy nos vuelve a amenazar. Martí lo dijo en un libro, que me lee mi papá. Nacen para ser felices, el porvenir es la paz.* Tenía amistades *entendidas* en Varadero, en Cárdenas y en los pueblos cercanos, y dejaba mis matules en el albergue del reparto Kawama para perderme en la ciudad con mis amigos de ambiente, y no paraba de gozar. Y unos días después de estar vacacionando, al regresar a bañarme y vestirme, abrí la puerta del cuarto y me estaban esperando en pleno los varones de mi escuela: habían encontrado mi diario. Y mencionaron fragmentos, y uno escupió al piso y uno a mis pies. Otro me tiró un golpe que esquivé de milagro, y fui acercándome a mi litera en medio de improperios, recogí mi mochila con mis tres trapos viejos, y en una de esas vueltas Leonardo me amenazó enarbolando la agenda que me había servido de diario. La agarré y él tiró. Y yo halé y arranqué varias hojas, y escapé corriendo. Y me persiguieron por la avenida del reparto Kawama gritándome injurias: «¡déjalo, déjalo, la va a pagar ese maricón del coño de su madre!». No paré mi carrera hasta la cola de la taquilla en la terminal de ómnibus de Varadero, para comprar el pasaje de regreso. Fui a despedirme de mis amistades y me embarqué por la madrugada. Al llegar al pueblo, todavía asustado, caminé hacia casa por la calle Real. Pasé junto a un entierro y miré sin reconocer a nadie, solo a Campeón, el gran perro sato que siempre iba a uno de los costados del carro fúnebre acompañando al cementerio a los difuntos, sin hacer distinción entre ellos.

Tengo a Mayra detrás de mí como una perseguidora, en los recesos de la escuela y a la salida de clases. Por la noche se me cuela en casa. Dice que le cae muy mal Gabito y me pide que lo deje de tratar porque la gente habla mal de él, y que tengo que hacerle caso, pues para eso es mi novia. La tengo cansada. Le respondí que la gente no puede hablar mal de Gabito, con lo bien que se lleva con todo el mundo. Me dijo que no me confiara de nadie. Le contesté que Gabito es mi amigo. A mí la que me está cansando es ella. Cualquier día de estos le digo que me deje tranquilo.

Ayer fui a cruzar la Carretera Central con mis sobrinitos y un hombre se nos acercó, diciéndome que tuviera cuidado con el tráfico y preguntándome si ellos eran mis hermanos. Cruzó al lado de nosotros y me acarició la cara al despedirse. Es un hombre muy interesante, de unos treinta años. Ojalá lo vuelva a encontrar.

Durante el resto de aquellas vacaciones, a excepción de Peter, ningún compañero mío volvió por casa. No querían verme ni en pintura. Y Gabito, que había dejado la escuela: «Te lo dije, que no fueras a ningún plan vacacional, oye, no me habías dicho que escribías un diario, ¿y qué decía?». ¡Ay, nada, boberías! «¿Boberías?, si la gente no hace más que hablar de eso en este pueblo, yo tú me conseguía una beca en La Habana y me iba». Ya veré, ya veré cuando empiece el curso.

Mi madre fue a operarse de cataratas a La Habana y me quedé pretextando un viaje a Varadero, y mis padres no insistieron en llevarme, dado que se hospedarían en casa de mi hermana, quien para ese entonces no me soportaba. Y Gabito y yo organizamos fiestas y descargas con el piano, y vino una pareja de lesbianas que acabábamos de agregar a la lista negra. Mari Blanca había sido putísima, probó el trabajo de Lázara y se convirtió al tortillerismo. Y Gabi: «¿Ves?, esas son las consecuencias de una buena mamada, Emilito, ve aprendiendo». Yo no entendía nada de nada, cada vez menos. Es que, pensaba yo, entre una picha por muy anémica que sea y una pepa por muy rebosante que luzca, hay diferencias demasiado ostensibles como para ser pasadas por alto. Sin embargo, Mari Blanca había logrado salvar esas diferencias y conciliarlas a la perfección, por lo que se podía notar. Las dos se veían enamoradas, logradas, con esos celos y obsesiones típicas de las lesbianas.

Le celebramos la despedida a Peter, la loca más linda de mi pueblo, loca del culo y de la cabeza, que se mudaba para La Habana con su familia. Y fueron a la fiesta los veinte maricones, putas, tortilleras y bugarrones incluidos en la lista negra; y me emborraché por primera vez, y amanecí con el colchón vomitado de verde a ambos lados, por el daño que me había hecho la menta preparada con alcohol de la farmacia.

Mari Blanca, Gabito, Lázara y yo andábamos juntos por el pueblo, y como mi madre regresaba a convalecer de su operación, propuse continuar las fiestas en la casita de las tortilleras. Desde que traspuse el umbral, sentí un vaho fuerte y le susurré a Gabito: «¡Uuuy qué peste a *vicio*!». Y él: «Mari, ¿no se pueden abrir un poco las ventanas?». «Ni se les ocurra», gritó, «en este barrio la gente es muy metida en lo que no le importa, ni lo intenten». Y nos reuníamos a diario, y Lázara desentonaba boleros acompañada de su guitarra, y un domingo nos invitaron a almorzar a Gabito y a mí. Como era de esperarse, el plato fuerte del menú era tortilla de plátano maduro acompañada de arroz blanco y frijoles colorados: un festín para la época. Almorzamos y en la sobremesa planeamos fiestas y comidas, y un viaje a Varadero, donde es fácil reservar en la casona de Lola, una vieja que alquila a «gente de ambiente», a un costado del Parque de las ocho mil taquillas, y que si melgarejo se la mete a sutanejo, o se la deja de meter, si sutanita es tortillera, si fulaneja es puta. De pronto, sentimos un golpe en el patio y entran dos hombres de civil apuntándonos con pistolas, y fuerzan la puerta de la calle y entran cuatro con idéntica actitud de amenaza. Nos quedamos mudos, mirándonos. Y Lázara, abalanzándose sobre los hombres: «¿Eh?, ¿qué es esto?, ¿qué pasa aquí?». «Eso es lo que vamos a saber, lo que pasa aquí. ¡Arriba, que están presos!». «¿Presos?, ¿presos?». «Sí, vístanse, ciudadanas, que tienen que acompañarnos».

Las dos, en *short*, van al cuarto a ponerse unos pantalones, Gabito y yo aturdidos, sin habla. Los hombres cuchichean, señalándonos. «Vayan subiendo al *jeep* ustedes dos, ¡arriba, andando!», nos ordena uno de ellos. Salimos a la calle con la cabeza gacha y nos metimos en el *jeep*. ¿Cuántas ideas me pasaron por la mente en ese instante? Avisar a mi padre, preguntar, esperar. ¿Qué podía haber impulsado a la Seguridad del Estado a coger presos a dos maricones que chismean con dos tortilleras y especulan acerca de si melgarejo se la mete o se la deja meter, después de haberse comido una tortilla de plátanos maduros fritos? No estábamos, ni siquiera, tomando alcohol, y la mesa más frugal no podía ser: ni proteína, ni viandas de contrabando, ni ensalada. Huevos y frijoles de la libreta de racionamiento.

Los vecinos de la cuadra se asoman y no sé dónde meter la cabeza. Lázara y Mari Blanca suben al *jeep* y el chófer parte a millón. Se detiene en la estación de policía y nos ordenan bajar. Le tiendo la mano a Mari Blanca, adelantándome al gesto de Lázara, y nos separan a los cuatro.

Un uniformado me indica que lo siga. Subimos a la planta alta y en una oficina me recibe un oficial vestido de civil sentado en un buró. Y el hombre, hojeando un archivo: «Emilio García Rondó, ¿eres tú?» Sí. «Notas sobresalientes en la escuela, apático en las actividades, se reúne con grupos afines». El seguroso[10] levanta la cabeza de mi *dossier*: «¿Y qué hacían ustedes en ese lugar, Emilio?». «Nada, habíamos almorzado y conversábamos». «Conversando, ¿y se puede saber de qué?». «Nada, lo normal. Hablábamos de música, de artistas, lo normal». «¿Nada más?». «No, nada más». «¿Y tú no sabes que las reuniones de homosexuales están prohibidas en este país?». Miro al piso y me pongo peor que la grana, y le respondo: «¿De homosexuales? ¿Y por qué usted nos dice eso? ¿Nos ha visto en algo?». «Mira, Emilio García Rondó, no vamos a perder el tiempo, que yo no dispongo de mucho, ¿eh? ¿Tú recuerdas de quién eres hijo en este pueblo?». Yo bajo la cabeza, tenía que bajarla. Me entraron unas ganas tremendas de haber nacido descabezado. «Emilio García Ruíz es tu padre, por lo que veo no lo recuerdas. Comunista viejo, luchador clandestino, persona respetada que se la jugó por la Revolución, hombre querido, militante activo del Partido. Escucha: te hemos estado controlando porque te has dedicado a manchar el prestigio y la moral de tu familia. Esperamos la oportunidad de hacer esta operación donde residen esas dos ciudadanas, para que la cuestión no tuviera trascendencia, pero quiero informarte que montamos un operativo para una de tus fiestas de percheros[11]». «¿Cómo dice?». «No me interrumpas. ¿No te avergüenza utilizar tu propio hogar, Emilio, para llenarlo de lacras sociales, desprestigiarlo y manchar el buen nombre y la historia de un luchador, de un comunista como tu padre?». «Es que...». «No me interrumpas, no hables». El hombre estuvo unos minutos observándome. Después, volvió a hojear el archivo susurrando: «¿Sabes una cosita, Emilio?, si quieres continuar estudiando vas a tener que colaborar con la Revolución». Y se puso a convencerme y a enumerarme cuánto le debía a la Revolución. Yo estaba viviendo en

[10] Seguroso (popular): En Cuba, agente de la Seguridad del Estado. *(N. del E.)*
[11] Fiesta de percheros (popular): En Cuba, fiesta donde se participa desnudo. Orgía. *(N. del E.)*

un equívoco (cómo se la jugaron tus padres por esto, para que tuvieras lo que tienes), y no podía seguir haciéndole daño a la Revolución, no iba a permitir la deshonra de un revolucionario como mi padre (un luchador extraordinario, una persona querida y respetada por su comunidad y por los dirigentes del país), y lo que menos podía hacer yo era ayudar a la Revolución. «¿Cómo?», reventé, cansado. «No es complicado, ni necesitas un título. Tú eres un conocido homosexual en este pueblo, lo que debes hacer es estar al tanto de lo que dicen o hacen esos ciudadanos como tú y comunicarnos un movimiento extraño que den, un plan, las ideas que manifiesten en la calle, en una fiesta, en Varadero o donde estés. Le comunicas a tu enlace lo que digan que atente contra la Revolución, cualquier pronunciamiento que pueda dañar la imagen de la Revolución, una reunión donde se hable mal de la Revolución, lo que piensan tus amiguitos de la Revolución, lo que piensan en tu cuadra de la Revolución, lo que consideres relevante que debamos saber para proteger la Revolución, ya te digo, un mínimo detalle que pueda perjudicar a la Revolución. Vas y se lo comunicas a tu enlace, ¿entendido?». Continúo mirando las losas con dibujos a manera de suásticas, como los de la sala de mi casa, que conforman el piso de la oficina del militar. «¿Emilio, me has comprendido?». «Mire, oficial, eso que usted me propone no puedo decidirlo en este instante porque considero que no es moral estar contando lo que mis amigos piensan o hacen y...». «¿Y quién carajo te piensas que eres tú, para decidir nada? ¿Así que un maricón de mierda no considera moral el trabajo de la Seguridad del Estado cubano? ¿Qué cojones te piensas tú que eres?, ¿eh? ¿De cuándo para acá les ha salido moral a los maricones?, ¿puedes explicármelo?». El oficial se había parado de un brinco y recorría su oficina rodeándome, arreglándose la pistola bajo la camisa civil: «¿Moral?». Y escupió en el cesto de los papeles y golpeó el buró: «Pues para que lo sepas, el lunes próximo quiero una respuesta tuya en esta oficina a las dos de la tarde. Y si no te decides a ayudar a la Revolución, puedes vivir convencido de que no vas a poder estudiar ni para panadero, para que lo sepas, lo voy a sentir por tu padre. De modo que piénsalo, por tu propio bien, porque ni panadero vas a poder ser, si te niegas a ayudar a la Revolución. Eso puedes jugártelo».

Me soltaron y me fui sin esperar a Gabito ni a Lázara ni a Mari Blanca, y entré a mi casa y me encerré en el baño a llorar. Y por la mañana: «Mima, no quiero seguir viviendo en este pueblo, papi, aquí no hay futuro, cuando termine de estudiar en la universidad, voy a tener que volver para acá, a trabajar, y no estoy dispuesto a ponerme viejo en este pueblo». Y mi padre: «No tengo nada que ir a buscar a La Habana, se lo dije a tu hermana una vez, que me muero en el pueblo». Y yo: «Mañana arranco para La Habana, a buscarme una beca». Me dieron dinero y percibí que en el fondo no les había desagradado totalmente este gesto mío de independencia, y agarré mi mochila con cuatro trapos viejos y fui para la terminal de ómnibus, y llegué a la capital y fui a la calle F donde estaba el Ministerio de Educación, a pedirle una entrevista al jefe nacional de becas. Y la secretaria: «Tendrás que venir mañana temprano, está para una reunión».

Me fui a vagar por las calles, a deslumbrarme con La Rampa y el Malecón, y a ver mi primera película de ballet, *Una noche inolvidable*, protagonizada por la genial Margot Fonteyn, en el Rex Cinema. Y caminé por San Rafael donde el flete era abundante, variado y sabroso. Y yo era como una manzanita fresca que todos querían morder y que quería ser mordida a su vez.

Estamos muy tristes por la confirmación de la muerte del Che en la guerrilla de Bolivia. Ahora sí no hay esperanza, como cuando anunciaron que Camilo estaba vivo y mami me sacó mojado y encuero para el portal, al oír el alboroto de la gente en las calles, la pitería de los carros y las campanadas de las iglesias. Nunca se me ha olvidado.

No escribo una estrofa desde hace días. No sé ni por dónde anda mi libreta de poemas. No me aparece. Voy a tratar de que no ocurra igual con este diario. Voy a guardarlo en el buró que me acaba de regalar papi.

Quiero comprobar al cabo de los años lo que oigo repetir a las personas mayores que me rodean: que la niñez y la adolescencia, bajo cualquier circunstancia, son lo mejor de la vida. Hasta el momento esa filosofía no me ha convencido.

No hay picha maricona

*J*avy, te vi a los dos o tres días de haberme instalado en la beca. Pasabas por la acera de mi albergue conversando con varios compañeros tuyos y ni me miraste. Me dije: «Este es el único pájaro[12] que he visto hasta ahora, pero vale por cien de ellos». No es que tuvieras ese amaneramiento impostado y ostentador del común de las locas, no. Era tu físico, era algo, eras tú. Y la gente: «Javy, ven acá, este ejercicio no me da; Javy, voy a verte para lo del cuestionario de historia...». Me deslumbró la popularidad de un pájaro tan asumido. Me descubriste durante un receso. Me había quedado mirándote con esa expresión mía de guajiro recién llegado, incrédulo y medio comemierda, con la cual contemplaba los edificios de La Rampa. «Tú eres nuevo, ¿no?». «Sí, estoy en el albergue al lado tuyo». «Ah, ¿sí?, ¿somos vecinas?, ¡divino!». Casi cago el calzoncillo viejo y el pantalón del uniforme al oír el cierre de tu carta de presentación, que me soplaste al oído a mitad del pasillo repleto de muchachos. Enseguida te llamó Alicia, la que luego me contarías que estaba con una negra de su grupo, muy cultas y finas las dos, para devolverte el *Fouché* de Stefan Zweig que le habías prestado.

Seguí observándote los días posteriores y te noté menos fuerte de lo que me habías parecido, igual de asumido. Los varones sabían de qué hablar contigo: música, estilos de pelado, moda, natación, y te respetaban. Las hembras dependían de tus repasos de trigonometría, asignatura de la cual eras monitor, y estaban acostumbradas a tus brillantes análisis literarios y a tus torpes serruchazos en el taller de educación laboral. Solo tenías un flanco débil ocasionado por tu sordera: el

---

12 Pájaro (despectivo/vulgar): En Cuba, afeminado, homosexual. *(N. del E.)*

inglés. Y la *teacher* te daba cien porque eras hacha y machete en gramática y obviaba tu dicción.

«¿Quieres escaparte esta noche?», me dijiste. «¿Escaparme?, ¿adónde?». «¡Ay, coño!, a la Playa, al Vedado, qué sé yo». «¿Y cómo es eso?, ¿no nos cogerán?». «En esta escuela todo el mundo se escapa, ¿no te has dado cuenta?, vengo a buscarte cuando pasen la lista». Bajamos envueltos por las penumbras de las aceras y las residencias asombrosas que insistía en contemplar. Tomamos por la avenida 17 y salimos a un bosquecito que atravesamos por un trillo. Y tú: «Fíjate, estos matorrales son buenísimos para *lograrse*». «¿Para qué?». «Para *lograrse*, chico, ¡avemaría, templar!». Ah. «¿Ves esa parte lo tupida que está?, es divina, allí me he acostado y todo, vamos a llamar a mami para que sepa que te voy a invitar a comer el sábado». Telefoneaste a Zoila desde una estación de gasolina: «Mami, no fastidies, cocina lo que haya, este guajiro come lo que sea, él sabe cómo está la situación en La Habana». Marcamos en la cola de la ruta 32, «fíjate, Emilito, nos podemos bajar en F y 23 y pasamos por la cola de El Carmelo, es lo que está de moda». «¿Y Coppelia?», te pregunté. «Chico, ¿tú estás loco?, ¿te vas a meter en Coppelia con estos uniformes de chocolate?, vas a ver qué buena se pone la cola de El Carmelo de 23».

Un pepillo melenudo y pelirrojo había marcado silencioso detrás de nosotros. Al identificarlo te turbaste mucho, te pusiste nervioso y padeciste una crisis de hipo que te duró la cola y el viaje, esa noche de mi debut de escapadas. Era Domi, tu *logro* imposible. Domingo, Domi para sus amigos y para la negra Silvia, que nunca había advertido tu presencia ni con la mínima percepción que te hubiera complacido. Domi, pelirrojo ensortijado obstinadamente glacial, del grupo de *hippies* que aglutinaba Juan Eduardo. Practicante de yoga, expulsado de la universidad por dar una respuesta a lo Gandhi a la acusación de inmadurez política de un compañero, vegetariano frustrado por las carencias del comunismo, admirador de Sartre (a pesar de las miserias existenciales de la Revolución). Domi, dolorosa indiferencia que nunca supo de ti y no te miró a pesar de subir contigo a una ruta 32. Domi se fue clandestino en una balsa, acompañado de dos que se volvieron locos por la insolación y se tiraron al mar. Un yate de recreo lo recogió casi muerto y lo dejó en Cayo Hueso, y se salvó de puro estoicismo, para practicar libremente su yoga y dar miles de respuestas a lo Gandhi a los miles de interrogantes más que la vida le puso por delante. «Se salvó», te dijo Silvia, su amiga íntima.

Se había puesto de moda repetir *Los paraguas de Cherburgo* en el cine La Rampa, e íbamos cada domingo por la tarde antes de entrar a la beca. Uno de esos domingos la negra Silvia nos coló, había millones de maricones clamando por repetir el ritual de *Los paraguas*... Y Silvia: «Javy, ¿Te acuerdas del pelirrojo que andaba conmigo?». «Domi, sí, cómo no, ¿le pasó algo?». La negra miró tu cara de desesperado, se la llevó y te hizo la historia, y te pasaste la función llorando como una magdalena. «Está vivo, Javy, eso es lo principal», te consolé bajito, y creo que la negra me oyó. «¡Ay, claro, eso lo sé! (la negra volvió la cara hacia nosotros), no entiendes, jamás lo volveré a ver, Emilito!». Te sonaste la nariz, y Silvia te puso la mano en el brazo, y continuaron cayendo tus lagrimones hasta la escena final de la película, durante el encuentro en el garaje bajo la nieve, gimoteaste alto y tuviste que soplarte la nariz quince veces porque tu alergia brotó fuerte, y padeciste diez minutos de hipos. Y Silvia te apretó y te besó al despedirte a la salida del cine. Y a la mañana siguiente, el par de tortilleras que cuidaba los albergues te quería llevar para el hospital: «tienes una conjuntivitis tremenda, muchacho, y se la puedas pegar a la escuela completa y eso no puede ser».

Aquel día de la ruta 32, todavía seguías helado cuando nos bajamos del ómnibus en la parada de F y 23. Cruzamos G y nos encontramos en la cola de El Carmelo con Benigno, Alfredo el Ronco, Oscar y una pila de maricones. Me los presentaste y me quedé muerto al ver tantos pájaros reunidos en un solo sitio. Fletear en una cola era una novedad inimaginable para mí, porque, bueno, ¿acaso no había que estar al tanto de los colados y de que el gentío avanzara, de que no se acabaran los helados, las croquetas sin pan o el refresco? No, en El Carmelo de 23 eso era secundario, lo principal era hacer la cola, debatir a Kafka o valorar los aportes del neorrealismo italiano, saludar a los amigos, hacer amistades. Continuaban llegando maricones de todos los tipos y colores y Benigno los colaba como si nada (arriba-mucha-chitas-arriba-ay-péguense-niñas-por-Dios-para-que-no-vean-tantas-ay-vamos-vamos-péguense-péguense-que-no-hay-pinga-maricona-arriba-péguense-a-ver-arriba).

Benigno, coreógrafo de los mejores *shows* del Capri y el Copa Room, se había quedado sin trabajo hacía unos años, cuando los comunistas administradores de cabarets dictaminaron la cesantía de bailarines y coreógrafos. Benigno y su ametrallador hablar, incluso, al adecuarlo a un murmullo en un baño: no-hay-pinga-maricona-vamos-mámasela-mámasela, y su boca desdentada y su barriga de cervecero y su ¡cuarta!, ¡quinta!, *allons... et.* Y sus cuarenta y cinco años que no lo amedrentaban para dar *fouettés* en una esquina de El Vedado.

A-ver-niñas-péguense-todas-que-nos-van-a-llevar-presas-a-ver-péguense. Era un molote de locas y entendidos lo que había en el portalito de El Carmelo, y llegaban *hippies* amigos de Benigno, integrantes de la pandilla Los chicos de la flor, o de otras igual de perseguidas como los maricones, y que se desplazaban de cafetería en cafetería, de funeraria en funeraria, de una funeraria a un parque y de ahí a otra cafetería, toreando la mirilla de los pájaros chivatos y de la Seguridad. Y había como quince tortilleras detrás de nosotros en aquella cola de El Carmelo de 23, y me puse a mirarlas alelado, porque tampoco había visto nunca esa cantidad de lesbianas reunidas, y tú, Javy, me diste un codazo: «Oye, no las mires así, esos bomberos[13] plantan y te entran a golpes». Y llegaron a la cola la Coppelia y Papito, y delante de nosotros un hato de pájaros que metían a más pájaros. La cola no caminaba ni un centímetro y se agotaban los temas de conversación.

Para animar la espera empezaron a lanzarse acusaciones de viciosa. Benigno acusó a Alfredo el Ronco de masturbarse usando la flauta de pan que compraba Chela, su madre, en la bodega (ay niño, si acabé de comprar este pan, cómo es posible,

---

[13] Bombero (despectivo/vulgar): En Cuba, lesbiana. *(N. del E.)*

es el único pan que dan por la condenada libreta de abasteci-
miento, cómo es que te lo has comido de una vez). Benigno dijo
que Alfredo acostumbraba mojar la flauta de pan con agua tibia,
se encerraba en el baño y atravesaba la flauta por una teta. La
picha de Alfredo casi que salía por la segunda teta, al final de la
flauta. Y Papito acusó a Oscar de ser tragona de leche, y Oscar
a Papito de que mantenía a los pepillos (estamos hablando de
vicios, eso no viene al caso), y alguien dijo que había que cuidarse
de ti, Javy, pues eras quitadora de maridos (qué infundio, mentira), y que le estabas pasando la cuenta a la beca entera, y se
acusaban de bañeras. «¡Benigna, descarada!», gritó Alfredo, «co-
rruptora de menores». Y nos relató cómo se habían conocido en
unos carnavales hacía seis años, en un baño de El Prado que iba
de esquina a esquina. Benigno salía y vio a Alfredo parado a la
entrada, indeciso. Lo convenció (entra-dale-no-seas-boba-que-
está-riquísimo). Alfredo entró al baño, y una loca de camisa de
guinga le estaba dando un *concierto* a un negro viejo, y escuchó
suspiros y jadeos que rebotaban de la oscuridad, y el Ronco se
excitó mucho ante esa primera visión del ejercicio en una casa
de tía, y alguien se la tocó mientras Benigno lo abrazaba por la
espalda. Y Alfredo eyaculó en seguida, por algo tenía solo catorce años, y le echó la savia en la cabeza a la loca de la camisa
de guinga, en posición agachada dándole el *concierto* al negro
viejo. Y la embarrada escandalizó: «¡Ay, pájara de mierda, te
voy a matar, singá!». Le entró a galletazos a Alfredo, que escapó aterrorizado del baño, y tuvieron que pasar varios meses
para que aceptara la amistad de Benigno, a quien se topaba en
las funciones de ballet. Y en la cola de El Carmelo se agotó el
tema de los *vicios*.

Y Oscar preguntó si era verdad que estaban citando a los
maricones para un comité que había cerca del cine Mónaco.
«Acabo de ir hoy», roncó Alfredo. Y dos pájaras del grupo,
delante de nosotros en la cola, saltaron intranquilas a preguntar, pues estaban citadas, y rodearon a Alfredo, que hizo tremenda cola de maricones (peor que esta), desde las ocho de
la mañana y lo atendieron a las dos de la tarde. Un teniente lo
recibió (durísimo que estaba), y a los cinco minutos le había

cogido la pluma, «¿se demoró tanto?, eres insoportablemente, Ronco, no te resisto». «¿Tú ves este expediente, Alfredo?», era el teniente, «lo ves bien, ¿no? Este es tu destino y está en mi poder. Decide: o me firmas esta planilla declarándote homosexual y la cuestión queda ahí, o te mando para esos barracones a pasar trabajo». «¿Qué dice usted, teniente?, ¿por qué voy a declarar lo que yo no soy?». Y al momento recapacité: «Mire, sí, es verdad, deme acá para firmar». «Arriba, y ahora te vas y te presentas en Higiene Mental, no te preocupes, es una rutina». A la salida del comité militar, los maricones le preguntaron a Alfredo qué le habían hecho y él los invitó a confesar: «no les va a pasar nada, van a ver, el teniente está durísimo y es buena gente».

«Cogí la ruta 174 y me bajé en la esquina de Cerro y Boyeros», nos siguió contando el Ronco. «Y fuiste a la casa de tía de la Ciudad Deportiva», dijo alguien. «Sí, fui cinco minutos y di un *concierto*, acabé rápido para ir a ver qué carajo tenía que hacer en Higiene Mental. Nadie sabía qué pintaba yo allí. Le repito que me mandan del comité militar, le dije a la recepcionista, no me dijeron a ver a quién. ¿Y cómo va a ser eso? No sé, tengo que ver a una persona que atiende a la gente del comité militar». La mujer se levantó del buró y le preguntó a un psicólogo, no sabía nada, y le preguntó a un psiquiatra: «Espérate, que voy a averiguar». Y el psicólogo: «Voy a preguntarle a la secretaria del director». Y la secretaria del director soltó la máquina de escribir y vino a la recepción del hospital a ver el caso que habían mandado de un comité militar. Y la psiquiatra regresó disculpándose por no haber podido averiguar nada, y vinieron tres psicometristas a indagar lo que sucedía. Y Alfredo: «Miren, yo no puedo irme sin que me haya visto quien me tiene que ver». «Eso es lo que no sabemos, quién te tiene que ver». «Ah, pues averígüelo, porque no me voy». El psicólogo, la psiquiatra y la secretaria del director discutían con Alfredo en medio del vestíbulo del hospital, y se acercaron como diez pacientes que aguardaban en los bancos, a ver por qué había tanto alboroto alrededor de cierto ronco él, muy extraño, que se quería colar. Y vinieron las auxiliares de limpieza y el mensajero del hospital, y las laboratoristas y dos jardineros. El Ronco seguía en sus trece: no se iría hasta que lo viera quien lo tiene que ver.

Era demasiado barullo para un lugar como Higiene Mental, de modo que la secretaria fue a buscar al director. «Yo vengo enviado por el comité militar», repitió Alfredo e intentó esclarecer su caso susurrando, muy colorado, el comité militar que está por el cine Mónaco». El director miró al psicólogo, el psicólogo miró a la psiquiatra, la psiquiatra miró a los tres psicometristas, que a su vez miraron a los pacientes (por favor, vuelvan a sentarse, que no ha pasado nada) y al mensajero. «Usted viene del comité militar que está por el cine Mónaco», dijo el director. «Sí, eso, eso, me enviaron del comité militar del cine Mónaco. El teniente que me atendió me mandó para acá». «Ajá», dijo el director poniéndose la mano izquierda en el mentón. Y mientras se rascaba la papada, volvió a decir: «Ajá, el comité militar que está por el cine Mónaco». «Sí», dijo Alfredo a todo lo que daba su ronquera, «es el comité militar que atiende a las personas con trastornos de personalidad». «Ah», dijo el director quitándose las gafas. Ah, ah, ah, exclamó el personal técnico de Higiene Mental. Aff, exclamó el personal no especializado de la institución. «Acabáramos», respiró la psiquiatra, «lo que tú quieres es atenderte. Mira, para eso tienes que venir por la madrugada a marcar en la cola y sacar el turno y...». «Oiga, no, espérese, yo no tengo ningún interés en atenderme, solo vine porque el teniente me mandó». «¡Oye, muchacho!», gritó el director saliendo al portal detrás de mí. «¡Oye, oye!», gritó una de las empleadas de limpieza. «La gente salió a ganarme para una consulta», dijo Alfredo, «y ya saben, no se les ocurra para nada ir a Higiene Mental. Si se lo dicen, no vayan, es solo por jodedera. Se los advierto por si les toca la entrevista con el teniente que me la hizo a mí y está durísimo».

Alfredo se había operado de la garganta unas seis veces cuando me lo presentó Javy en la cola de El Carmelo de 23, y de cada operación, en cada hospital que su padre lo ingresaba, salía peor de ronco. En madrugadas de carnaval era una tradición hacer una barrida de las casas de tía (¿qué es eso? ¡ay, Emilito, eres insoportablemente, las casas son las *salles de baignés*, los baños, niño, ¡avemaría!), que iniciábamos indagando en las de Malecón, poco propicias para el ejercicio por la concurrencia de *cheos*[14.] Estadísticamente hablando, habíamos establecido una media de diez *cheos* por baño, que no lo eran y se la dejaban toquetear por las pájaras ansiosas. Seguíamos la barrida carnavalesca de las casas de tía por las que bordeaban la Calzada de San Lázaro, y terminábamos en el Paseo de El Prado con un negro asegurado. Al entrar en una de esas casetas de madera y cartón, situadas en los tragantes de las esquinas, la prioridad era abastecer a Alfredo con un material de calidad para que se entretuviera con la boca llena en un *concierto* (¿un qué? ¡una mamada!), y evitar que se pusiera a *desaparecer*[15] una o a *desaparecer* la suya en alguien.

Era una suerte que Alfredo fuera un apasionado concertista de las casas de tía, pues el ejercicio que emprendiera sin usar la boca multiplicaba el riesgo de atraer a un chivato y a la policía, debido a los decibeles que alcanzaba la ronquera gozadora de nuestro amigo. De hecho, estando Javy cerca los riesgos también se multiplicaban, por sus hipidos y por esa sangre suya para atraer a los agentes del orden. Si los pájaros espiritistas o santeros, o los simples supersticiosos, divisaban a Javy enfilando hacia el meadero, desistían de ejercitarse. Quienes lo descubrían adentro de la casa de tía, daban la voz de alarma interrumpiendo el ejercicio colectivo, así las estuviera poseyendo el mismísimo Atlas entendido, y ponían pies en polvorosa. «No vayas a entrar, se va a poner malo», me advirtió una mulata, una vez, con cara de *vicio*, a la entrada de uno de los baños, «ahí está la loca presidiaria que cogen templando dondequiera. Vamos a mi casa, ven». «No, qué va, si me tengo que ir». «Ay, qué fina, con la cara de bañera vieja que tienes». No hice caso de la mulata y entré, y al abrirme la portañuela sentí que mi picha caía de lleno en una garganta caliente. A un metro de mí, Javy se sofocaba desapareciendo la de un pepillo.

La casa de tía se puso de bote en bote. De pronto, Benigno y su barriga se abrieron paso dificultosamente por el centro de la

[14] Cheo (despectivo/popular): En Cuba, heterosexual. También, persona de gustos chabacanos y que no viste a la moda. *(N. del E.)*
[15] Desaparecer (vulgar): En Cuba, sodomía. *(N. del E.)*

doble hilera de gozadores. Benigno se movía metiendo el brazo por los costados de los cuerpos pegados que simulaban orinar. Y Alfredo lo seguía. A-ver-niña-a-ver-que-no-hay-pinga-mari-cona-a-ver-que-este-pájaro-te-la-va-a-mamar, ametrallaba Benigno en un susurro, a-ver-niña-a-ver-que-no-hay-pinga-mari-cona-a-ver. Alfredo agarraba el miembro que le tendía Benigno y ahí se entretenía su boca llena. Y Benigno metía una mano por aquí, tocaba una nalga por allá, ay-qué-*vicio*-qué-rico-tata-qué-rico. Y su barriga también empujaba o interrumpía, y lo dejaban hacer. «¡Sssss, Ronca!», le susurró a Alfredo, «goza-bajito-niña-avemaría-goza-bajito». Es que Alfredo se había embullado y estaba *desapareciendo* y la ronquera delatora azoraba a los gozadores, ssssióó-goza-bajito-niña.

En los *vicios* colectivos, yo soportaba mejor la ronquera bulliciosa de Alfredo que la mezcla de asma crítica, hipidos y chillidos de Javy. Con Alfredo no tenía que abandonar el ejercicio que me ceñía a mi amante, ni desencantarlo a causa del descenso de mi libido y de la risa que invariablemente me atacaba si hacía sexo a un costado de Javy. A-ver-tú-má-ma-se-la-a-esta-tú-sí-la-nue-va (sí, era conmigo) co-ge-es-ta-que-no-hay-pin-ga-ma-ri-co-na. Me insistía, yo lo ignoraba. Nunca me convenció esa filosofía de Benigno de que no había pinga maricona. «Es que no dilato», le explicaba, «huelo las plumas y no dilato». Tú-lo-que-eres-una-boba-chica-eso-eres. Así iba Benigno por las casas de tía, metiendo los brazos para palpar el ejercicio de las parejas y los tríos, y una noche no distinguió a una loca encaramada cagando en el excusado, y en la mano afanosa de mi amigo coreógrafo bajó a enroscarse un mojón que caía en ese instante de búsqueda y tacto viciosos. Y Benigno metió un escándalo: ¡ca-go-na-de-mier-da-mi-ra-que-ve-nir-a-ca-gar-a-quí!, y le restregó al pájaro su mojón en la cara y la cagona le dio una galleta, y los pájaros, entendidos, bugarrones y *cheos* tapiñados huyeron, vaciaron el baño justo al llegar dos policías que nos pidieron identificación. Y como de costumbre, cargaron solo contigo, Javy.

El padre de Alfredo el Ronco, funcionario del Ministerio de Relaciones Exteriores, había amenazado a su hijo con prenderle candela si se volvía maricón (te enciendo el culo,

Alfredo, si te cojo mirándote al espejo, te lo enciendo, para que lo sepas). Había tenido que divorciarse de Chela por el escándalo que ella les dio a las puertas de una posada, de donde lo había visto salir acompañado de una querida. El Partido prohibía los amoríos escandalosos y Cañedo debió escoger. Alfredo terminó de criarse con su madre, sin que le encendieran el culo por ninguna pajarería.

Cañedo viajaba constantemente al exterior y le traía a su hijo ropas, zapatos y discos de música española y latinoamericana. La música en inglés era transmisora del poderío imperial norteamericano, aun si se trataba de un humilde *reggae* de Jamaica. Cañedo era tan puntilloso en la educación ideológica de su hijo como en la sexual. Sin embargo, Alfredo era fanático de los Beatles y le cambiaba sus discos de Raphael y Sarita Montiel a Pedro, la loca más bonita del pueblo, loca del culo y de la cabeza. Un día que estaba visitando a su hijo, mientras revisaba qué leía Alfredo y qué ropa se ponía, descubrió uno de sus trueques musicales. Rompió el disco del grupo inglés pateándolo en el piso de la sala, y para sentirse tranquilo echó los fragmentos a la basura, frente a los ojos aguados de Alfredo. Y armaba escándalos al enterarse de que Alfredo prestaba sus pulóveres, zapatos y discos, que los pájaros usaban hasta el desgaste o se los apropiaban alegando que se los habían robado durante una aventura. Alfredo poseyó el primer radio de pilas que yo recuerde haber visto, modelo VEF, el gran acontecimiento de ese verano del año setenta y uno en Santa María del Mar, Boca Ciega, Guanabo y en el resto del litoral norte de La Habana.

¿Te acordarás de los fines de semana agotadores, Javy? Me quedaba a dormir en el piso de la sala de tu casa, y una mañana amanecí destapado, nalgas al aire, y tu madre se enfadó por unos días, «tienes la culpa, Emilito, con esa costumbre de dormir encuero, eres insoportablemente y mami no te resiste ahora». Si era época de carnaval, nos íbamos para Malecón con la trusa debajo del pantalón, terminábamos la barrida de las casas de tía de El Prado y nos reuníamos con el resto de los maricones en la buhardilla de Papito, a tres cuadras de los baños, para partir de madrugada hacia la playa. Si durante esos días era demasiada la irritación de nuestras verijas por el rozar de las trusas, el calor y la humedad del mar (yo siempre cogía un hongo terrible, que me ponía los huevos, las entrepiernas y la entrada del fondillo del tono negro del radio VEF de Alfredo), entonces nos íbamos a carnavalear sin nada abajo, lo cual nos aligeraba para *lograrnos*. Al amanecer regresábamos a casa de Javy a ponernos las trusas y recoger nuestras viejas toallas de playa. Y temprano nos encontrábamos con los pájaros en la cola de la ruta 62. Allí éramos unos diez y se sumaban otros, de minuto en minuto.

No obstante, la cantidad creciente de pájaros, la tapa al pomo de la afocancia se la ponía Alfredo acompañado de su radio de pilas VEF. Al ver llegar al Ronco bien vestido y con su radio, las plumas eran relegadas a un segundo plano por el gentío de *cheos* que nos acompañaba. La Coppelia y la Sol se deprimían momentáneamente al notar el desplazamiento del interés de la cola hacia ese cacharro horrible de la Ronca, «con lo horrible que se ve con él, que no sé cómo no le da pena». Doblaba el ómnibus por la esquina para recoger pasaje en la cola de sentados, y se formaba el desbarajuste, y forzábamos las puertas y las pájaras deportivas se colaban por las ventanillas (Javy se había colado y le tendía la mano a los pepillos para ayudarlos a entrar), y los guaposos que habían quedado discutiendo por la cola y por cincuenta boberías, le cedían el paso al maricón de la música, mirando el trasto negro como si fuera el Santo Grial. Y Alfredo les agradecía el gesto de protección permitiendo que escucharan una canción de su preferencia (*Yuya Martínez así se llamó, Yu Yu Yu Yuya Martínez así se llamó*). O a petición de uno de los *cheos*, teníamos que escuchar un noticiero deportivo o los resultados del campeonato nacional de pelota.

La Coppelia y la Sol viajaban indignadas, mientras Papito, Javy, Benigno y yo aprovechábamos los segundos de oscuridad que nos proporcionaba el túnel de la bahía para inclinarnos hacia una portañuela, o hacia varias a la vez, o hacia unas nalgas, o rozábamos una de las manazas al agarrarnos del pasamanos de aquella General Motors del año de la corneta, que cubría la ruta Habana Vieja-Santa María del Mar. La suspensión de aire de la guagua nos encantaba, al salir del túnel el viaje se calentaba. Borrándose filiaciones sexuales, curiosidades (este debe ser el maricón, aquel debe ser el bugarrón), todos, locas, bugarrones, entendidos, tortilleras, negros, guaposos, padres de familia, madres, niños, abuelas, todos los viajeros en masa nos inclinábamos hacia la parte izquierda de la General Motors del año de la corneta, cuya carrocería rozaba las gomas provocando chirridos y peste a quemado. A continuación, nos volvíamos hacia la derecha, la suspensión respondía al instante y las locas gritaban, sonsacando a los bugarrones de pichas sarazas por el vaivén y el roza-roza, y una vieja histérica: «¡Ay, mi madre, van a virar la guagua, la viran, la viran y nos matamos!». Y el chófer soltaba cuatro cojones desde su timón. Después de oírlo nos tranquilizábamos durante un tramo de carretera.

A una orden dada por nadie, el gentío apretujado, con unas desmesuradas ansias de contravenir algo (aunque fueran solo los cuatro cojones voceados por el chófer de la destartalada General Motors del año de la corneta), todos, locas, bugarrones, entendidos, tortilleras, negrones (aprovecha-niña-aprovecha), guaposos, madres de familia, hombres (ve- dale-niña-dale-que-no-hay-picha-maricona-dale) y hasta las abuelas histéricas, todos a la vez, nos volvíamos a inclinar hacia un costado, respondiendo a la orden dada por nadie, y la General Motors se volvía a ladear y las gomas rechinaban chocando con la carrocería y la peste a quemado inundaba la guagua. Y las locas: «¡Regio, divino, fabuloso!». Y los bugarrones: «Sabroso, sazón, mariconsón». Y las viejas histéricas: «Ay, estos muchachos son la muerte en bicicleta». El hato de pájaros fortísimos se bajaba en la parada del puente de madera que te sirvió de techo para *conciertos* y *desapariciones* nocturnas, y está destartalado, Javy, y la ruta 62 se convirtió en la 400.

Por una puerta descendía Papito agarrándose la pamela y cargando la mochila con la hamaca, las cajitas de comida, la toalla y las cremas. «Miren a ese negro tizón», comentaba siempre una mujer en la playa, «miren, miren cómo se llena de cremas», «¿y eso? ¡Chea, envidiosa, descarada!», le gritaba Papito cansado de que lo estuvieran contemplando como a un bicho de laboratorio. Por la otra puerta de la guagua se bajaban la Coppelia y Javy, quienes escandalizaban a los *cheos* con los pantalones cortados por las rodillas, y Benigno, sin parar de hablar, enseñando su boca desdentada, y dando *piqué-chaînés-piqué-chaînés-piqué-chaînés-cierra, allons... et.* Y me apeaba de la guagua con tremendo azoro, y en la playa había muchos maricones clásicos, además de la Sol, y Alfredo el Ronco se bajó con su radio a todo meter (*Yuya Martínez así se llamó, Yu Yu Yu Yuya Martínez así se llamó*). Los pájaros, las *cheas*, los niños, las viejas, los gordos, los calvos, todo el mundo quedaba muerto mirando el radio VEF de Alfredo.

Era una bola de candela el grupo de pájaros que se había bajado de la General Motors, para unirse a más pájaros que merodeaban por el sitio. La bola de candela atravesaba los pinos y plantaba bandera en la arena. Habíamos llegado al claro del pinar que nos pertenecía, y que era, junto a la costa, un mar de maricones que se extendía hacia el horizonte, por donde tú, Javy, andabas nadando, porque desde la arena habías descubierto un pepillo que se masturbaba (por algo nadabas a la perfección), y lo rodeaste hablándole, y te retiraste un poco al ver que el pepillo había detenido su movimiento masturbatorio, y cuando lo recomenzó te acercaste a rodearlo de nuevo, y nadaste por debajo del agua, y tanto insististe hasta que él permitió que le dieras un *concierto*. Y la *desapareciste* (lo habías arrastrado por la boca hasta un lejano banco de arena donde permaneciste nadando después de saciarte con el rubio), hasta descubrir al negro que habías provocado en uno de los vaivenes de la General Motors, y tu cabeza teñida con agua oxigenada salía del mar y se hundía dando el *concierto*. O estás de cara a tu *logro* rubio, o negro, o mulato, o albino, o chino, y subes y bajas de frente a él, pues te la ha metido por delante y carraspeas y tienes hipo y sudas y gruñes, síndrome de tu gozo. Y al final (miren, la Javy terminó, sí, se separaron, qué fuerte estuvo eso), te alejas tanto nadando tú solo que te perdemos de vista y creemos que te han cogido preso. O *desapareces* la picha de la Coppelia (¿tú-ves-niña-tú-que-no-hay-pinga-maricona?), delante del grupo al atardecer, y no podemos creer lo que estamos viendo, un acto de *desaparición* salada, «no sé cómo es que a Javy no le arde el culo, mira, se la metió completa». Íbamos palpando por debajo del agua, comprobando que era cierto, y el círculo de maricones se cerraba asombradísimo. No te habían molestado en lo absoluto las libras de carne dura que se te habían introducido con la picha de la Coppelia, y te movías muy lujurioso sacándole la savia a la loca, y te dio mucha locura. O era que entrábamos en las casas de tía de los pinos (las desaparecieron, Javy, las tumbaron, los pájaros ahora envidian mi capacidad para cagar en el mar), y mientras unos se *logran* otros vigilan afuera, y los que se *logran* sustituyen en el puesto de vigilancia a los que vigilan y quieren *lograrse*, o nos *lográbamos* en las casetas de cambiarse de ropa, de paredes que no llegaban al piso. Una vez distinguí una pierna flaca que se movía furiosa para atrás y en redondo (habías encaramado tu segunda pierna sobre el banco), y detecté dos piernas negras que se movían hacia la flaca, y esperé para comprobar que eras tú, y al rato salió de la caseta un negro cuarentón y manco que te había dado mucha locura.

A las cuatro de la tarde no podíamos del hambre y la sed. Papito se bajaba de su hamaca, y sin quitarse la pamela, repartía las cajitas de comida cuyos primeros consumidores éramos Javy, Alfredo el Ronco y yo, mascotas del grupo (¿congrí?, ¿carne?, ¿de dónde los sacó? Emilito, eres insoportablemente, come y calla). Sentados a la sombra del pinar, almorzábamos y luego ayudábamos a Papito a recoger y botar los restos de comida, y Papito regresaba a tenderse en su hamaca (cuán gordo era), y a empavonarse con aceite mineral ligado con yodo y unas goticas de loción Fiesta, lo cual volvía a suscitar curiosidad en los alrededores.

Y tú, Javy, descubres un recluta del Ministerio del Interior, blanco y hermoso, que acostado boca abajo se masturba restregándose contra la madre tierra, moviendo con suavidad sus nalgas empinadas y duras (insoportables), y su picha humedece de aguada preliminar la trusa, y su moverse nos daba locura. Y era porque una *chiva* (¿una qué?, una mujer, Emilito, les decimos chivas por lo que chivan), flaca y matadísima de cara, se había quedado dormida, quizás borracha, mostrando su pendejera salida del bikini, y el recluta del Ministerio del Interior se había apartado del club de los militares y de sus compañeros, al no soportar la visión de los pendejos que afloraban enroscados al pubis y por las entrepiernas de la *chiva* peluda. Y el muchacho se acostó boca abajo y se restregó contra la madre tierra, y tú, Javy, observaste cómo se le iba parando escapada por un costado de la trusa roja, y ya se humedecían la hierba y la arena con unas gotas de aguada preliminar, y te acostaste boca abajo, contra la madre tierra, a masturbarte a costa del recluta blanco y hermoso, que se masturbaba a costa de la *chiva* matadísima de cara que dormía con placidez mostrando su abundante y enmarañada pendejera negra.

Siempre era yo quien iba a buscarte cuando tardabas en aparecer, a averiguar si te habían llevado preso. Al verte ensimismado y boca abajo, fui a preguntarte qué pasaba. Y tú: «Ah, eres insoportable, tírate ahí o vete que estoy en eso del frente, ¡no vayas a mirar, no, que lo azoras!». Y me acosté junto a ti al descubrir el moverse lento y sabroso del recluta del Ministerio del Interior contra la madre tierra, y se nos acercó el Ronco y le hiciste señas de que no fuera a abrir la boca, y se acostó al lado mío, y vino Benigno, quien olía *vicio* a cincuenta kilómetros de distancia, y se acostó calladito entre Alfredo y yo, y se acercaron tres locas clásicas y dejaron su clasicismo a un lado al notar el movimiento lento de las nalgas contra la madre tierra, al presentir la picha que humedecía la playa. Y era que habíamos rodeado al recluta blanco y hermoso, a quien no podía pasarle por la mente la masturbación colectiva inducida por su masturbación individual a costa de la *chiva* matadísima de cara con una pendejera que le había dado locura, y siguieron llegando locas, conocidas y desconocidas del Vedado y Campo Florido y no sé de cuántos barrios de La Habana. Y el recluta blanco y hermoso seguía moviéndose lento contra la madre tierra, con la barbilla recostada en la arena y sus ojos fijos en los pendejos de la *chiva*.

De pronto, sus muslazos temblaron un poco, y cerró los ojos, y las contracciones de sus nalgas denotaron que se venía, y las cuarenta locas deleitadas de locura que lo rodeaban se movieron al compás suave, contraído, suave, de la trusita roja y de los muslazos. Y de la picha del recluta salió disparado un chorro de savia que cayó lejos, desafiando la gravedad, y apretó los ojos y el ceño, y las manos agarraron la escasa hierba que había, olvidado del mundo. Y las cuarenta locas, arrebatadas y furiosas, eyacularon simultáneamente y embarraron las arenas de Santa María del Mar con lujuria consumada a larga distancia, y tú, Javy, hipaste sudoroso y continuaste estregándote unos segundos, contra la madre tierra, que no era arena, ni hierba ni playa, sino aquel recluta rojo, contraído y hermoso, revolcado contigo bajo el cielo.

«Niña, corre, que un negro se robó tu radio», era la pamela de Papito y Papito mismo los que finiquitaron el coito colectivo. «¡Ay, no, no, mentira!», roncó Alfredo levantándose con la picha parada debajo de la trusa, «¡mentira, mira que Cañedo me mata!». Salimos corriendo y arreglándonos las pichas dentro de las trusas cuyas manchas de savia eran disimuladas por la arena adherida, y ya se había armado un revuelo tremendo en la costa, el agua y el pinar (le robaron al pájaro ese, ay, pobrecito le cogieron el radio, ¡ataja!, ¡ataja!), y una multitud solidaria se organizó de repente y se arrojó junto a nosotros, codo con codo, a dar caza al ladrón. Ni un solo guardia aparecía, y la ola de gente fluyó hacia Boca Ciega, por el pinar, la arena y la carretera, y dos pepillos se le enciman al delincuente y lo tumban y lo contienen con una llave en la espalda, y la turbamulta enardecida de pájaros, *cheos*, tortilleras, entendidos y bugarrones cuestionó al bandolero, y le celebramos juicio sumario y público puesto que la policía estaba ausente de sus habituales custodias en la playa, «coño, si hubieran sido mariconerías, hubieran aparecido, de abajo de la tierra salen para perseguir a los pájaros». Alfredo no quiso acusarlo, y «además, Javy, ¿qué vamos a hacer cinco maricones con ese negro en la estación de policía? Capaz de que vuelva a robármelo, o nos acuse de maricones y nos metan presos el fin de semana. No, no, que se vaya, por mí que se vaya». Unos viejos le aconsejaron al delincuente que no reincidiera, y el ratero juró cuatro veces por su madre y diez por sus diez hermanos que no lo iba a volver a hacer: «me volví ciego, la verdad, me volví ciego mirando el radio, nunca había visto uno, perdóname socio, fue un fallo mío». Y entonces Alfredo el Ronco fue prestando su VEF, a los diferentes grupos que habían contribuido a la recuperación del regalo de su padre, a través de los kilómetros de playa, pinar y carretera corridos por los veraneantes detrás del delincuente.

No sé cómo te las arreglabas para ser el uno en caer durante las recogidas, dondequiera, en Coppelia, en G, en el Boulevard y La Sortija, en el hotel Plaza y El Coctel, en el Amadeo Roldán, en los Carmelos de 23 y de Calzada, en Línea, en el baño del Pío Pío, en el baño del Rex Cinema, en Galiano. En Santa María había *shows*, a Papito le pedían carné por usar pamela, se bailaba ballet, danza moderna y afro, y era a ti a quien recogían. Eras una alarma para los maricones *logrados* en el agua. «Oye, descopulicen, miren quién acaba de llegar, esa pájara es un imán para la justicia, oye, recojan los matules para corrernos, ay, eso no sirve de nada, ella le da a la pata por toda la playa». Y solté a la pajarita que me estaba dando un *concierto* por debajo del agua, y fingí no conocerte, y tú me miraste haciendo tu barrida por la costa, pues habías olido mi *vicio*. Y viste a Farah María, quien paralizó su modelar y su canción, se quitó la toalla ripiosa que usaba de maxifalda y se echó en la arena, más deprimida que una tusa, a esperar que pasaras y comprobar que no te seguían. Y Beatriz Márquez bajó el tono (*espontáneamente hemos acercado nuestros corazones*), Yma Sumac, quien no gorjeaba ni nada, se tendió quietecita al sol al verte, y caminaste el litoral de Santa María del Mar, Boca Ciega y Guanabo dejando una estela de estrellas faranduleras confundidas, inseguras y frustradas.

Y era que habíamos entrado en las taquillas de La Goleta, eludiendo al portero viejo y bugarrón, y nos metimos en las duchas colectivas, y a un mulato que se enjabonaba se la paraste con solo mirarlo y con un gesto de tu boca de Betty Boop, y tus señales lo invitaban a que te siguiera al manglar del frente, al cruzar la carretera, donde no valdrían de nada las picadas de los mosquitos ni su rondar de zumbidos, y alardeaste de consumada concertista dándote palmadas en los muslos y la cabeza para ale-

jar de ti y de tu mulato el enjambre de insectos majaderos (insoportables, Emilito, lo que te cuente es poco, no solté al mulatón,
qué va, cómo se te ocurre), y matabas mosquitos en el abdomen
cuadriculado del mulato y en sus muslazos lampiños, engullendo
su picha suave y rígida, y pasaste tus manos por sus nalgas, de-
fendiéndolas de las picadas, y te dio mucha locura lo infranquea-
bles que se elevaban sus glúteos color cartucho bajo la piel suave,
y tu boca tomó la ruta de la vena que has consagrado como el
summum de tu *summum*, y continuaste por la base del pene rígido
(estabas arrodillado y el mulato soportaba tus embistes bucales
sujetándose a los mangles), y hundiste lengua y labios en el nal-
gatorio, sin soltar el bálano sagrado, y te sacaste dos mosquitos
muertos de la garganta, carraspeando, y tu lengua penetró el orificio, y su esfínter se dilató de locura y la vena estaba al reventar,
y el mulato gimoteaba agarrado a dos mangles, y empinó sus nalgas hacia tu boca de Betty Boop, y tu lengua se hundió todavía
más, y sentiste que la aguada preliminar rodaba por el glande
mojando la mano tuya que amasaba la picha rígida y color cartucho del mulato. Y saltó el surtidor de savia, y fue a dar contra
uno de los troncos del mangle, que besaste desaforado, con mucha locura, para recoger solo unas gotas que humedecieran tu
boca de Betty Boop, mientras te masturbabas desaforadamente,
hincado sobre las hojas secas.

Había ido a la playa del club de los militares a ver si mi tío me
colaba en la cafetería, y vi a un guajiro en *short* verde y me olvidé
del hambre y de la sed, entré al agua tras él y conversamos y nos
fuimos desplazando por el oleaje (la cerveza está fría, hay refres-
cos y galletas y caramelos y bocaditos y de todo lo que no hay
afuera de este club), y mi rodilla tocó, al vaivén de las olas, la
portañuela verde cuyos botones reventaban de presión, y la abrí
y me hundí en el mar y le di un *concierto* que le puso los ojos en
blanco, lo vi desde el agua, donde aguantaba al máximo mi respiración para que mi *concierto* le diera locura. Y el guajiro miraba
mi cabeza metida en su portañuela desabotonada, y yo sus ojos
en blanco y sus huevos de niño y sus muslos contraídos, y sabo-
reé la vena, la vida, Javy, y supe que la aguada ya había salido sin
chistar ni mistar, y él tuvo una contracción y brincó la savia a

borbotones y se mantuvo flotando a medio camino entre la superficie del océano y el fondo arenoso de la playa, jaspeando su azul con hilachas blancas, residual de la locura que nos había acabado de dar.

Y era que habías olido *vicio* y te habías metido en una de las trincheras antiaéreas de la costa, detrás de un pepillo indiferente, y fuiste a la otra trinchera y ya te ibas a meter... «Oiga ciudadano» (del agua, de la copa de un pino, del cielo, qué sé yo de dónde surgía el vigilante que te llevaba preso, o el civil que te mostraba su carné de la Seguridad para pedirte el tuyo y apresarte de cualquier modo), y el macizo de concreto enterrado en la arena era un surtidor de locas por los cuatro costados, que escapaban del policía conjurado por ti. «Entré a ensuciar, guardia», dijiste, susurraste, palideciste. Te temblaba la mano y el carné que tendías, y en tus ojos, Javy, la angustia, y en tu cerebro la imagen del último juicio y de las rejas, y la penumbra de las celdas, y los guaposos que te querían templar y los asesinos de la galera cercana y los maltratos y las ironías y las risas. Convencí al policía de que estabas enfermo de los nervios y habías entrado al refugio a ensuciar. Vi la cabeza del Ronco asomada por un agujero, esperé que se perdiera, de espaldas al agente, y dije: «¿Y esos que salen de ahí?». Y él giró, y con su silbato desencadenó una transmutación colectiva en diez tipos que se bañaban o yacían en la arena con sus familias, y el pelotón de policías encubiertos rodeó el refugio, y dos o tres de ellos corrieron detrás de los pájaros a través del pinar.

Además, te recogían al salir del edificio donde vivía Alfredo, en la calle Campanario. La ventana de su cuarto daba al pasillo, él sigiloso abría la puerta del apartamento, cogía el destornillador de una gaveta y destornillaba tres hojas del cristal de la ventana y por esa abertura entrábamos. Y mi torpeza de siempre, reforzada por la borrachera. Y Javy: «Emilito, espera que entre para aguantarte por dentro». Te deslizaste raudo por el espacio abierto en la ventana, y detrás de ti entró Peter, la loca más linda de mi pueblo, loca del culo y de la cabeza, que se había empatado con el Ronco, y la Coppelia y Benigno me cargaron por los pies, y de cabeza me ayudaron a atravesar la ventana. Y la madre desde su cuarto: «¿Alfredito?». «Sí, Chela, soy yo». Y Javy: «Emilito, tú como siempre, dando la nota, eres insoportable».

Siguió penetrando por el hueco la turba de pájaros y dos pepillos que pedían un pedacito de pan con lo que fuera, un poco de sirope o un vaso de agua con azúcar. Y el Ronco fue a la cocina y les trajo una panetela seca, a riesgo de que Chela descubriera el cuarto de su hijo repleto de maricones a las tres de la madrugada. Y se armó la gozadera en la cama, en una colchoneta que guardaba en el clóset para esas noches de colectivismo erótico, y en el suelo, de pie y sobre la cómoda, y tumbaron los perfumes y se robaron un desodorante, un paquete de talco y un jabón. Y el plato fuerte de la madrugada fuiste tú, Javy, que mandaste a acostar a los pepillos de frente, estilo tijera, «péguense, coño, son insoportables», hasta que juntaron sus pichas enormes y gordas (pichas de negro, clasificó alguien), mojaste de saliva tus dedos y embarraste la masa de vergas, lo pensaste y diste un *concierto* doble, desapareciste ambas venas en tu boca de Betty Boop, y los pepillos gozaban y Benigno se hacía una paja y había un rictus en su boca desdentada y observábamos callados. Y entonces, Javy, te paraste en el colchón y, sujetándote de uno de los pepilllos, fuiste descendiendo entre los dos cuerpos, introduciéndote el dúo de ejemplares fundidos en uno, que se complacían tanto por el frotarse de sus respectivos glandes y de sus venas y el sentir el cuerpo entero de una verga contra la otra, como por el abrazo tibio, profundo y apretado que le había proporcionado tu culo funesto. Subías y bajabas, subías y bajabas, y atemperados los complejos por el alcohol preparado que Benigno había traído en un pomito de benadrilina (para-los-pepillos-aclaro), los dos se besaron arrebatados, y nos ejercitábamos sin perder detalle del fabuloso trío, y el cuarto de Alfredo el Ronco guareció mucha locura.

Había uno de esos ciclos recurrentes de Marilyn Monroe en la Cinemateca. «Estos pájaros comunistas del ICAIC son insoportablemente, con las bóvedas llenas de películas y ponen lo mismo». Y yo: «A mí me encanta Marilyn». Alfredo acordó verte en esa función de *Bus Stop*, y tú lo pelarías el sábado por la mañana. Te extrañó no verlo en el cine y pensaste que nuestro amigo podía haber asistido a la función de las seis, si bien eso no era lo habitual en él. Tampoco había ido a pelarse y algo te hizo decirle a tu mamá que telefoneara al Ronco. Y respondió una tía suya: «Alfredito está tendido en la funeraria de Calzada y K, le dio un paro respiratorio y uno cardíaco detrás, en una ruta 22, camino de ir a ver una película al Vedado». Alfredo se fue poniendo morado y negro y se empezó a ahogar, y la gente gritaba, y se cayó muerto en las piernas de esos pasajeros de la ruta 22 que no sabían qué hacer con él. Y tú, Javy, le pediste a tu mamá que llamara a casa de mi hermana Rita, donde yo convalecía por una operación urgente de apendicitis, y me preguntaste cómo me sentía, «discúlpame Emilito, no debía llamarte ahí, lo sé, y por eso puse a mami. Alfredo murió, fui a verlo, está tendido en la funeraria de Calzada y K». Me quedé en silencio con el bejuco del teléfono pegado al oído (¡avemaría, ese niño llamarte para eso!), y murmuraste «es preferible, de repente», ¿solo, en el pasillo de una Ruta 22 repleta, encima de gente que no sabía qué hacer con él? Sí, pues en el velorio la tía le había dicho a tu mamá que la ronquera interminable de su sobrino era cancerosa y había invadido media humanidad de sus órganos.

Lovely Rita

Mi hermana había padecido persecución y tortura en la época de Batista, y de ellas había heredado un insomnio crónico, variados tics, esporádicos ingresos en hospitales psiquiátricos y una sempiterna medicación de ansiolíticos que la hicieron insertable en la comunidad humana. El gobierno le había entregado una mansión en Miramar, pero mis padres no querían abandonar el pueblo, «papi, mira que tenemos a Tato trabajando en el Ministerio de Hacienda, y Luis, el hermano de Olga, está en el Ministerio de Salud Pública», «mami, mira que Lili está en el de Educación, puedes dejar esa escuela y con tu experiencia dirigir uno de los planes que hay, pueden hacerse de una buena casa y estar cerca de mí y ayudarme con los muchachos, miren que Pachi es quien está responsabilizado con lo de la vivienda en La Habana». «Estamos bien aquí, mi hija, no nos acostumbraríamos a la vida agitada de la capital», le decía mi padre, y a mi madre: «¿No es verdad, vieja?».

Mi hermana retornaba al pueblo a ver a su familia, y en la última Navidad que celebramos me apagó el radio alemán de bombillos que yo había sintonizado con la WQAM, y desbarató de un manotazo el tinglado de libros sobre el cual estaba encaramado el micrófono, y haló el cable de la corriente y casi tumba la grabadora de la mesa: «¿A eso te dedicas, Emilito?, ¿a oír esa clase de música?, ¿y ustedes se lo permiten, mami?, ¿ustedes lo dejan?, ¿para eso le compraste esa porquería de grabadora, papi?». Y de un tijeretazo me cortó la cinta con la canción de Joan Báez, y tiró el carrete plástico de la grabadora al piso y estuvo pateándolo como cinco minutos ante las miradas de incomprensión de mis dos sobrinitos. Y mi cuñado: «Cálmate, Rita, por favor». Y mi madre: «Está bueno ya, está bueno ya». Y yo:

«Qué bruta eres, coño, esa era una canción protesta». «Emilito, no me contradigas, yo no soy mami. Esa porquería es música americana y tienes que aprender lo que se mueve detrás de esa basura: los *hippies*, las drogas, el vicio, la explotación del hombre por el hombre».

Al ver cómo su revolucionaria gritería había perturbado a los niños, mi hermana se acuclilló en el piso, «ven, vengan a besar a mamá, vengan que no ha pasado nada. Que vengan, contra». Y los niños tuvieron que ir, y ella los abrazó y besó. «Ven, Emilito, ven, mira (y también tuve que ir), escúchenme los tres…», y nos explicó que en ese decadente mundo capitalista solo sobrevivían cuatro o cinco niños, que además eran arrogantes y despóticos, sin la sencilla naturalidad y gracia del revolucionario, pues los otros mueren desnutridos y enfermos y tienen que empezar a trabajar muy duro a la edad de su tío Emilito, «sí, como les digo, y se vuelven analfabetos, se quedan sin aprender a leer y escribir, ¿entienden?, porque tienen que ir a ganarse la vida, y la culpa es de los americanos, que invaden esos países para explotar sus riquezas y quieren ser los dueños del mundo y están metidos en Vietnam y con bases militares dondequiera. Y en esta casa no se oye nada en inglés, porque los americanos enferman la mente de los niños con las barbaridades que propagan, ¿entienden?, y no podemos permitirlo, lucharemos para que desaparezcan del planeta, y los tenemos que odiar a muerte porque son enemigos de clase. ¿ENTIENDEN A MAMÁ?». Mis sobrinitos lograron soltarse del abrazo parlante y revolucionario de su madre, para correr hacia los brazos de sus abuelos.

Y en el pueblo: «Aprovecha esta visita, Rita, para que se lo digas a tus padres y lo atajen a tiempo, Emilito se está reuniendo con un elemento malo y ellos no lo saben. Y a ustedes no les conviene». Y estando en La Habana, becado, me vieron en la cola de pájaros de El Carmelo de 23, y se lo soplaron a mi hermana, quien sumó diversionismo ideológico plus mariconería y el resultado fue mi excomunión de su proyecto de paraíso para los trabajadores: «No quiero a Emilito en mi casa, mami, si viene que sea con ustedes. Si va a seguir becado en La Habana, que se busque quien le lave y le cocine, y que se quede a dormir en su albergue los fines de semana, ¿no quería venir para La Habana? Pues que aprenda a resolver sus problemas, está en edad para eso. En esta casa no lo quiero, tú sabes que los niños son unas esponjas y lo imitan todo». Y mi mamá: «Vamos a ver si le conseguimos un apartamento o un cuarto para que se independice». Y mi hermana: «¿UN CUARTO?, ¿tú estás loca, mami? Es lo peor que se les podía ocurrir a ustedes». Le digo a mi madre «no le hagas caso, tú sabes cómo es Rita».

Los fines de semana me voy para casa de Javy, y su madre me lava los calzoncillos. Y mis viejos fueron a conocerla y se cayeron bien. Y mami: «Hijo, lo único que quiero es que no te vayas a buscar problemas, mira a ver con quién se reúnen Javy y tú, lo de ustedes es estudiar y hacerse de una carrera para que los respeten en el futuro». Y un sábado no te acompañé a casa, Javy, pues me acordé de mi tío y decidí visitarlo. Un medio hermano de mi padre, que había peleado en la Sierra Maestra (insoportablemente), y quien también poseía una mansión. Era capitán, jamás lo habían ascendido, por ser tomador y mujeriego. Mi tío me abrió la puerta, me besó, me presentó a sus amigos (aquello estaba repleto de gente, Javy, qué pena pasé). Me echó un poco de ron en un vaso y me dijo: «¿Cuántas veces has usado la pinga nueva, cabrón?, ¿eh? Cuenta, dale. ¿Ustedes ven a este cabrón de mi sobrino? Tenía una fimosis del coño de su madre, y lo dejé nuevecito, ¿eh?, ¿qué me dices?, ¿eh?, cabronsón». Se fueron sus invitados, y le conté. Y él: «Tu hermana está quemada, está loca, no le hagas caso. Usted se muda para acá, para eso soy su tío, ¿no? Toma la llave del cuarto del garaje, con baño, para que estés independiente».

Me instalé, y meto mis puntos por el costado de la casa, no me ven, mi tío recibe a mucha gente, Javy, van en Alfa Romeo y con buenos trapos y huelen riquísimo (la *high class* insoportable). Una noche mi tío me presentó a la calva culpable de los quinientos ciclos de Marilyn Monroe en la Cinemateca. Su nuevo chófer era un trigueño de ojos azules y del alto de un poste telefónico. Y unos meses después vino un oficial de la Seguridad a preguntar por mi tío, «estoy becado y lo veo poco, ¿quiere esperarlo?».

«No». Y vino un segundo oficial, y detrás uno que parecía importante, a decirme que mi tío se había ido clandestinamente del país y me daba una semana para mudarme, y me sacaron a pesar de cumplir los requisitos previstos por la ley del momento para heredar una casa. Y por consideración a mis padres comunistas y por las protestas de mi hermana Rita, Pachi, el de la Reforma Urbana, me entregó un apartamento en un edificio de principios de siglo localizado en Cayo Hueso. ¿Dónde se había visto que un maricón fuera a heredar la residencia de un traidor, situada nada menos que en un reparto exclusivo de la nomenclatura[16]?

16 Nomenclatura (popular): En Cuba, cúpula de poder gubernamental y político. *(N. del E.)*

Los alardes de Aurora

Olga, la madre de Peter, la loca más linda de mi pueblo, loca del culo y de la cabeza, obligaba a sus hijos a lavarse la boca inclinados sobre la taza del baño, para que los escupitajos blanqueados por la pasta de dientes sustituyeran el efecto del ácido limpiador que no se hallaba ni en los centros espirituales, «quítense, quítense, a ver, niños, a ver, se me seca». Y se arrodillaba en el piso del baño a meter la mano en la taza y raspar la porcelana con un trozo de escoba vieja, «qué olor tan rico deja la pasta de dientes, ¿verdad?».

Luis Fernández, hermano de Olga, era viceministro de Salud Pública en La Habana, y le regalaba buenos dentífricos europeos. Y Peter: «¡Ay, tío, no puedo con este pueblo, ay tío, no puedo con estos guajiros, ay tío, no puedo con esta secundaria que se le cae el techo, no puedo con este aburrimiento!». Olga y Peter, dos obstinados hiperquinéticos, acabaron por convencer a Luis de lo injusto que era vivir en una aldea de mala muerte mientras él mejoraba en la capital. Y el funcionario obtuvo para ellos una residencia de unos burgueses que habían emigrado de Miramar para Estados Unidos.

Me topo a mi amigo de la niñez tomando sol en la Playita de 16: «Ay, Emilito, no puedo con este país, no sé cómo tú puedes con esa beca, yo no puedo con las colas en las pizzerías, estoy sin un trapo que valga la pena, ni champú, ni una crema, mira qué disparejo me está quemando el sol, estoy cansado de oler a Moscú Rojo, ay, no puedo con el comunismo, es una cosa que no puedo». Peter también caía preso a menudo, y a diferencia tuya, Javy, no se deprimía, sino que agarrado de las rejas gritaba a reventar: «¡Sáquenme, no quiero estar preso!, ¡sáquenme, no puedo estar trancado, soy claustrofóbico!, ¡sáquenme que me vuelvo loco, me vuelvo loco! ¡Sáquenme de aquí, déjenme llamar a mi tío! ¡Mi tío es el viceministro de Salud Pública!». Y Olga aparecía en el Alfa Romeo, acompañada de su hermano, y sacaban de la celda a la loca más linda de mi pueblo, loca del culo y de la cabeza.

Peter se fijó en la cara de su tío que hablaba con el oficial de guardia, y para que pusiera peor cara de la que ponía al sacarlo de la cárcel, se pintó los ojos y caminó Rampa arriba y abajo. No tuvo suerte. Esa noche el único policía que andaba por el área, al menos en uniforme, enamoraba a una mulata culona y no estaba para maricones. Y Javy y yo: «Peter, te van a recoger, estás loco». «Ay, no sean envidiosas. ¿Acaso no estoy divina?». Un pepillo bajaba por La Rampa y Peter también le preguntó si no estaba divina. «¿Qué tú dices?», el muchacho se nos acercó amenazante. «¿Es conmigo?», dijo Peter mirando arriba y abajo, a derecha y a izquierda. «Contigo, sí». «¿Yo?, yo no he dicho nada, estoy hablando con estos dos amigos míos». «Ah, yo pensaba, y cuidado, ¿oíste?, ¡cuidado!». Y el pepillo se puso una mano en la cintura y se partió: «Cuidado, cariño, no te vayas a equivocar, que la más divina del Vedado se llama Julita la Bollúa, y esa soy yo para que lo sepas». Nos dio la espalda y siguió bajando por la acera de La Rampa, veinte veces más partida que Peter, quien se quería morir.

Y enseguida siguió intentando que se lo llevaran preso. Y enamoró a un policía en la esquina de L y 23, que se lo llevó, no preso, sino para su casa y «a ver si me la mamas bien, que yo sé que esa es la especialidad de ustedes los maricones, y a ver si te la tragas o te parto la cara». Y a Javy: «Ay, qué desgracia, no me cogen presa, voy a quedarme contigo que tú eres carne de presidio, mujer, a ver si me lo pegas». Sin ser bañera ni nada, Peter se metía en un baño horas enteras, quitándose las manos viciosas de arriba, y se iba exhausta de estar parada y sin que un solo policía apareciera por el sitio. Y enamoró a un chivato que me había llevado preso a mí una vez, y se templó a Peter en un matorral, y Peter se atrevía a quedarse en Coppelia cuando todas las locas habían puestos pies en polvorosa porque la Sombra (el negro policía destacado en los alrededores) andaba pidiendo carné y recogiendo maricones.

Como no se lo llevaban preso, Peter decidió probar suerte travestido. Enfundado en una maxifalda de una modelo amiga suya, y con unos tacones que le sacaron callos, nos topábamos con Peter en el teatro y en el ballet, donde se evaluaban los alardes técnicos de las solistas y las primeras bailarinas. Y era que Aurora daba los esperados *fouettés* del tercer acto de *El lago de los cisnes*, y el lunetario de entendidos y maricones contaba bajito: ¡28!, ¡29!, ¡30!, ¡31!, ¡32!, ¡33!, ¡34! ¡35! ¡36!, ¡37! ¡BRAVO!, ¡PERRA!, ¡DIVINA!, ¡CÓSMICA!, ¡SIDERAL!, ¡PLÁSTICA!, ¡ERÓTICA!, ¡PRÍSTINA! Y la loca más linda de mi pueblo, loca del culo y de la cabeza, gritaba por encima de todas: «¡ALQUÍMICA!, ¿han visto a esa yegua?, treintisiete *fouettés* y cerró con tres *pirouettes*. ¡La vida misma!». Y Benigno: Niña-fueron-treinticuatro-*fouettés*-y-dos-*pirouettes*. «¿Cómo?, cerró con tres *pirouettes*, que los acabo de contar». «Fueron-dos-*pirouettes*-y-treinticuatro-*fouettés*». Fueron treinta y siete, fueron-dos… Y Peter y Benigno se desgañitan peleando en el vestíbulo del teatro García Lorca, y casi se van a las manos. Los conducen a la oficina del administrador, donde Peter insiste en sus tres *pirouettes*, y en medio de sus gestos se le cae una de las tetas postizas y se la coloca, «¡que cerró con tres *pirouettes*, coño, que lo vi yo!», y el administrador las amonesta y las deja libres. Y el chivato del teatro (esa es una loca reprimida, insoportable) asegura que Aurora había cerrado con treintiocho *fouettés*, «avemaría, niño, ni la vieja Alonso ha hecho eso nunca en su vida», y la discusión se extiende por largo rato.

Peter, la loca más linda de mi pueblo, loca del culo y de la cabeza, seguía: «Ay, qué desgraciada soy, nadie me coge presa, nadie me mira, ay, yo no puedo seguir en este país, no puedo, que yo no puedo». Y como por las calles de La Habana no se ven extranjeros, Peter decide acudir a Tropicana, «el paraíso bajo las estrellas», vestida con la maxifalda de lamé dorado de Suslay y calzada con los tacones que le sacaban callos. Y una loca bailarina le avisó: «Peter, ven esta noche, va a estar una delegación de gallegos y nos han advertido de no mariconear demasiado en el *show*». Y la loca bailarina le reservó una mesa de pista, y Peter invitó a tres mariconas fortísimas y a dos putas, y un gallego invita a bailar a Peter (¿yo?, me llamo Mariela), y la orquesta ataca un bolero y Peter (que *vive lejísimo*) se olvida de su objetivo en brazos del gallego y lo aprieta entusiasmado (¡un gallegazo, Emilito!), y la picha se le quiere partir debajo del lamé y levanta del piso el borde de la maxifalda, y el gallego siente que está frotando picha contra picha, y esa picha es más dura y gorda que la suya, y de un piñazo tira a Peter sobre una mesa y lo golpea. Y Peter: «¿Por qué, amor, por qué te pones así, querido?», y le daba carterazos en la cabeza. Y el resto de la delegación de gallegos intervino y el funcionario cubano los separó y aclaró: «este es un caso aislado de perturbación mental, no vayan a pensar ustedes, la juventud cubana no es de esa calaña». Y uno de la Seguridad arrastra al travestido hasta la perseguidora y a la estación de Marianao, «estuve incomunicada tres días en esa comisaría y me mandaron a quitarme el vestido y los tacones, y estuve en cueros muerta de frío, y nunca se me ha quitado la faringitis desde entonces, y me botaron la maxifalda de Suslay, y uno de los negros cogió las tetas postizas para comérselas, de lo hambriento que estaba».

Luis fue de mañana a recoger a su sobrino preso, como había hecho en ocasiones anteriores. Olga había traído un pantalón, un pulóver y unas chancletas para que su hijo se vistiera. Y mientras regresaban, Luis: «Mañana voy a empezar a buscarte el permiso de salida del país firmado por Fidel, encárguense ustedes de conseguir una visa para dondequiera, para la China, para el demonio, para casa del carajo, con el permiso no va a haber problema, se los aseguro».

Cometugueder raídnao

Varadero, la playa de oleaje soñador que nos transparentaba opción y esperanza, kilómetros y kilómetros de llanura iridiscente y opalina que no es capaz de violentar el gris de ciertos octubres, ni los fucilazos del invierno costero, ni siquiera los brisotes de la cuaresma, kilómetros y kilómetros de polvillo cósmico dispersado para dejarse lamer por el azul. Hicacos, la península más adorable del mundo, donde la arena abrasa refractando sol aun tendidos bajo el almendro o los pinos, o al pasear por la terraza del hotel Internacional. Varadero, varadero de guajiros hermosos y dulces, de polistas de la escuela de natación, de espaldas y pechos arropados por una textura de bebé, de clavadistas de vellos dorados y de un negro de ojos verdes, campeón nacional de kayak, con quien me revolqué una madrugada en el portal de la casa de Pepe Luis. Costa bordeada de mansiones y hoteles de madera y jardines impresionantes de las casas de descanso del ministerio tal, o de la residencia de la viuda y los hijos del héroe más cual.

Atravesábamos el puente de hierro en las guaguas checas que nadie sabe cómo han durado hasta el día de hoy (mira, Javy, están montando el escenario del anfiteatro), y queríamos que detrás de nosotros esa única vía de acceso estuviera permanentemente levantada, como si con ello fuera a desprenderse la península y a arrastrarnos hacia la libertad y el hechizo del norte, «seremos unas locas famosas en Alaska, abriremos un bar-consuelo para los petroleros y nos hacemos millonarias en un mes, insoportablemente *logradas*». El ómnibus tomaba la avenida de entrada a Varadero y nuestros egos reverdecían de hálito liberador, y nos agitábamos por la inminente aventura que nos aguardaba en un tramo de playa, o en las duchas de las ocho mil taquillas, o en sus baños, donde tú, Javy, tenías que reprimir tus hipidos y

72

tu asma crítica durante el ejercicio erótico, porque la resonancia de las paredes era fuerte, y entre las cuales era imposible retener a Rafa, quien prefería enamorar a alguien, tendido al sol o en el mar, a demorarse ajustándose la trusa, doblando el pantalón y colocándolo en el perchero, para enloquecer de deseo detallando las pantorrillas y los muslos peludos de un vecino de taquilla, y los brazones de otro, y responder a unos ojos grises que miran extrañados, y por allá unas nalgas lampiñas y blancas, y abdómenes cuadriculados y espaldas que se abren desde una cintura que quiero apretar, y tetillas como las chapas que nos entregan a la salida de las ocho mil taquillas, tetillas rojas y oscuras y rosadas, tetillas circunvaladas por una miríada de vellitos encaracolados que daban ganas de arrancar a dentelladas, tetillas de párvulo que eran dos manchitas de carne tierna en el pecho ondulado.

Apareció Guille colgado de sus muletas y el subibaja y el reguero de sus extremidades en el vacío, tácata, tácata, tácata, tácata, tácata, tácata, que recorría el pasillo en redondel de las ocho mil taquillas (¡esa loca coja viene desde La Habana a fletear a Varadero!), y el guajiro que no quiere que lo miren y regresa de las duchas envuelto en una toallita que le marca las nalgas y los huevones y una picha estándar, y uno que al quitarse los calzoncillos de patas desnuda un cuerpo del carajo, y el que sabe que lo estoy contemplando, y el que puso mala cara porque tú, Javy, te has rascado los pliegues de tu culo funesto delante de él. Y está el que se le paró y te siguió a los baños, y el padre que le dijo al niño que fuera a marcar en la cola del helado que tenía ganas de ensuciar y fue y me la mamó sentado en la taza del baño y se hizo una paja en dos segundos, y está el que la tiene saraza, y el alarde técnico que hiciste, Javy, al *desaparecer* la de un negro medio anormal (diez pulgadas, Javy, ¡qué bárbaro eres!, y a saliva pura), y mira ese que acaba de entrar, y mira aquella gorda y cabezona, y «uuuyy, qué asco, ese es caballero cubierto como era yo, esas pichas apestan» (insoportablemente, Emilito), y un flaco encuero que no tiene nada, (primer flaco que *vive cerca*), y un expresidiario que se cambia de ropa junto a Rafa y en la espalda reluce un tatuaje gigantesco de la Caridad del Cobre montada en su bote, por supuesto, y se da vuelta y en el pecho un imponente San

Lázaro en muletas y con perros y halo de santo, y debajo del ombligo una flechita y un lema: Baja y gózala que es tuya na má, y en un hombro: Vieja, tú eres mi único amor sincero.

Varadero, la meca del ambiente hasta el deshielo del turismo. A Varadero se iba para ser uno mismo a fondo y en verdad. Varadero atraía a médicos, artistas y a bugarrones de los pueblos próximos y de los centrales azucareros y de los bateyes de Matanzas. Varadero, mi primer beso y mi primera acostada. Del reparto DuPont nos habían botado a mí y a mis amigos con la casa de campaña teñida, y a DuPont volví, a una residencia alquilada por mi tío militar. Y en el portal oíamos el programa radial de Meme Solís a las once y media de la noche (*siento, cuando tú te me acercas, que comienza la vida con otro amanecer*), que siempre sintonizaban los vecinos, y yo casi que amanecía en la playa, y una mañana un trigueño de veintipico de años que se bañaba solo, me preguntó de dónde era y me tocó por debajo del agua, y vino uno que se lo llevó, y luego se hizo el que no me conocía. A la mañana siguiente ocurrió igual, y se disculpó por el carácter de su primo y me dijo que éramos vecinos. «Te espero por la tarde», me susurró, «a eso de las dos voy a estar en el portal, entra y sube confiado». Atisbé la casa de dos plantas a través de la ventana de mi cuarto, y él me hizo una seña, y yo fui espantado. Empujé la puerta y él estaba detrás, y me haló por el brazo y subimos la escalera, y ya en la habitación me abrazó con calidez y me besó en la boca (¡qué caliente, Javy!, qué distinta a la boca de Mayra), y me atacaron unos temblores incontrolables, y la picha mía no se paraba ni por el roce con la suya que se quería partir en dos (¡no, no, no!, sigue contando que me muero), y él respiraba profundo y jipiaba (sí, sí, sí), y me bajó el *short* hasta las rodillas y se quitó el suyo en un santiamén, y de un empujón me tiró encima de él en la cama. Y pude palpar las formas hechas de su cuerpo en el mío por hacer, y nuestras pieles tostadas por el sol diferente de Varadero se rozaban, reconocían una sola identidad y se estregaban una contra su par. Y hasta ahí estuve temblando, me había excitado tanto que no hubo ni gota de agua preliminar, o quizás salió junto con la savia, o fue que se me estaba yendo la vida en esa, mi primera acostada, y en el grito que pegué, convulsionando y asombrado, y él seguía masturbándose y alcanzando mi piel con su mano libre. Y me erguí, de momento, me ajusté el *short* a la cintura y salí corriendo, escuchando los jipíos suyos al eyacular sentado en el piso de la habitación.

Y era que Guille había llegado al Parque de las ocho mil taquillas proveniente de Santa Clara (hay un ambiente tremendo, Javy, tú lo sabes Emilito, ese es tu pueblo, ¿no?), tácata, tácata, bolso al hombro, Guille estuvo gastando sus muletas aventureras por las calles de esa ciudad del centro de la isla (Javy, esa coja tiene un pecho y una cara preciosos, si no estuviera tan desbaratada me la echaba, ay, eres insoportable, Emilito, olvídate de eso que a Guille lo que le gustan son los olores, el macho que huela a macho, olvídate). Y como no podía perderse el Festival de la Canción de Varadero, la loca minusválida pidió botella[17] a una rastra en la Carretera Central (un aventón, Javy, es más fino), y había viajado mamándosela al chófer en la cabina hasta Perico donde eyaculó (qué rico se vienen esos cuarentones, no como los pepillos que ni te enteras), y el rastrero detuvo su rastra, despertó a su compañero que dormía en la litera tras una cortinita, y ayudó a bajarse a la coja para que fuera al baño, «siempre ando arriba con un tubo de pasta de dientes y un cepillo bueno, bueno de verdad, preparada para esas contingencias, eso es lo único que no me puede faltar, los pago al precio que sea, así que avísenme si alguien los vende, el cepillo tiene que ser bueno, bueno de verdad, lo pago al precio que sea, avísenme».

En esa cafetería del pueblo de Perico, los dos rastreros y Guille comieron unos bocaditos de pasta que estaba ácida, y volvieron a subirse en la rastra. El chófer mamado sustituyó a su compañero en la litera, y el que iba durmiendo cogió el timón, «un cincuentón enfermísimo, muy erótico vaya, y quién les dice a ustedes que sin haber salido de Perico ya el hombre se la había sacado, y se le puso dura como un palo en un dos por tres». Y Guille volvió a tenderse en el asiento de la rastra, cuán cojo era, con la cabeza en el regazo del cincuentón

[17] Pedir botella (popular): En Cuba, hacer *autostop*. (*N. del E.*)

erótico para continuar su *concierto* hasta Cárdenas, «entre cortes, acelerones y frenazos, no se la pude sacar, mamé como una ternerita y no se la pude sacar, ¡qué roña!, cada vez que me acuerdo, aguantó la leche como un caballo, el gusto que debe darle a las mujeres, yo no podía seguir, tenía los labios irritados y la mandíbula me dolía. Qué va, quédate con ella adentro, no puedo», le dije y me bajé.

De la guagua de Cárdenas, Guille había aterrizado directamente en las ocho mil taquillas de Varadero, donde esperaba ver por lo menos cuatro mil hombres encueros, y allí estaba recorriendo los pasillos circulares del edificio (no sé cómo no se marea esa coja, es insoportablemente), y se metía en los cubículos de taquillas, en las duchas y los baños donde permaneció hasta las cinco de la tarde, cuando Javy y yo regresamos para darnos una ducha, vestirnos y comer temprano, pues la inauguración del Festival era a las nueve de la noche. Comimos unas croquetas desabridas en la cafetería El Caney, el centro del ambiente de Varadero, y fleteamos un rato. No nos convino nada, y como ya nos habíamos ejercitado por el día, nos fuimos para la parada de ómnibus, muy ansiosos por presenciar el Festival de la Canción de Varadero. Se nos juntó Guille y fuimos a casa de una medio pariente suya para que nos cuidara el bolso con las ropas, «sí, gracias, pasaremos a recogerlo a eso del mediodía, hasta luego». Y Guille: «Ella quiere que venga a dormir y yo no estoy para la cosa familiar, qué va, no quiero perderme nada de este Festival, nada, nada».

Decidimos cruzar a pie la ciudad y nos unimos a un grupo de locas que entonaban *lalala lá, lalalalá, rosas en el mar, lalalalá, rosas en el mar*. Los estribos de las inmortales guaguas checas pasaban con las puertas abiertas y rebosantes de putas, maricones y *hippies*, y estábamos felices de cantar y caminar. Y se sumaron pájaros y cuatro tortilleras al grupo, y nos pasó por el costado un camión repleto de militares: ¡CHERNAS! Seguimos caminando sin inmutarnos y dejamos atrás a unas cinco locas *cheas* que cantaban: *Cavaste una tumba y hoy al regresar, sabrás que no estoy muerta por tu falsedad*, y a un grupo de diez: *abrázame fuerte, fuerteje, bieeen fueerte, fuergete, más fuerte*. ¡FUERTES!, le gritamos a las osadas imitadoras de Marta Strada. Era un fluir interminable por las calles y las aceras de Varadero en dirección al anfiteatro: autos americanos de los cuarenta, cincuenta y principios de los sesenta, bolsones de locas y tortilleras, de *hippies* y putas, y hasta una rastra llena de voluntarios a quienes quizás no les interesaba la música, pero habían dado el paso al frente en esta tarea de la Revolución, consistente en hacer bulto en el anfiteatro de Varadero, por lo que pudiera pasar.

Y delante de nosotros, un coro de melenudos vestidos con camisas grises de trabajo voluntario, pantalones de ese estilo, collares de santajuana y tenis: *Cometugueder, raídnao, cometugueder, raídnao.* Un trigueño ripiera y apestoso me pasa el brazo por los hombros, me brinda una pastilla (anfetamina, qué fino, clasifica la coja Guille, quien canta, saluda y no se pierde una, tácata, tácata). «No, gracias». «Ay, dámela a mí», es Guille alargando la mano. Y el *hippie* se la da, y se inclina hacia mí: *Cometugueder raídnao,* y me hace repetir *cometugueder, raídnao,* y le pasa el brazo a la renga, que pone cara de haber aterrizado en la Gloria. Y Javi, en mi oreja: «No sé cómo aguantas al apestoso ese». Seguimos caminando y adelantamos a duetos de intelectuales (esta es la apertura de las fuerzas vivas, el potencial socialista redivivo en Occidente), a trovadores improvisados y a artistas que Javy me señalaba: «Mira quién va en ese Fiat». Un auto nuevo, guiado por un pepillazo del carajo, pitaba solicitando vía. «Esa calva vieja que ves ahí, sí puede tener los pepillos a montones, los pone de chóferes y cuando se cansa de uno le regala un pulóver y un desodorante de afuera, le informa que prescinde de su trabajo y al día siguiente lo sustituye por el de turno. Es la culpable de los millones de ciclos de Marilyn en la Cinemateca».

De la nada no puede crearse algo, no puede ser. Al menos eso pensaba hasta ese instante. Sin embargo, en un pestañazo, de la nada salieron a la avenida varias perseguidoras y un cordón de policías se desplegó sobre ambas aceras para seleccionar, de aquel fluir sincrético, barroco e infinito que corría desde el centro de Varadero, atravesaba el puente de hierro y entraba en el anfiteatro, a las locas afocantes, a los alcohólicos y empastillados evidentes, y a los peludos, pese a que sus fachas fueran las de trabajadores voluntarios salpicados por una llovizna de diversionista singularidad. Uno de ellos nos había brindado una canequita con brebaje que la coja saboreó y clasificó al momento (cocimiento de hojas de campana, qué fino). Al ser interceptado por un policía, este *hippie* de la campana grita: «¿Y este es el festival del pueblo y para el pueblo que anuncia la televisión? ¿Es este o estoy perdido?». Y un piñazo del uniformado le aclara que no lo es. «Ah», dice el *hippie*, «entonces estaba confundida la televisión». Y los policías están pidiendo el carné de trabajador o el de estudiante, y yo ni trabajo ni estudio, «ay, el mío está roto, me van a cargar, tú vas a ver, no sean estúpidas, nos van a cargar de todas formas, ¿no ven que son demasiadas plumas para un solo festival?». Y Javy me susurra: «Sígueme», y nos mezclamos con unas tortilleras y vemos a Guille que a pesar de su cojera escapa también.

Frente a la terminal de ómnibus estaban pajareando Benigno, Alfredo el Ronco, la Sol y la Coppelia, acabaditas de bajarse de unos ómnibus especiales que habían puesto para viajar desde La Habana. Qué alboroto formaron: «Cómo está esto, sí, mira qué bueno está aquel, ¿ya-tuviste-*vicio*-nueva?, vamos, el festival empieza a las nueve, sí, tranquilitas a ver si nos dejan llegar, están recogiendo a María Santísima». Benigno trae la dirección de una vieja que vive frente al Parque de las ocho mil taquillas, le-alquila-solo-a-maricones-me-lo-dijo-la-Papito-que-fuéramos-a-cualquier-hora-que-la-vieja-alquila-el-portal-y-todo. Alfredo está cagado de miedo porque su padre pudiera estar en Varadero y obligarlo a regresar por la fuerza, «me lo tropecé en la puerta, a punto de irme». Y Chela: «Mira, ahí tienes a tu hijito querido, mira con la facha que se va para Varadero». «¿Para dónde?», «Varadero», «ah, ¿sí?, ¿en *short*?, ¿y con quién?, si se puede saber». «Con unas amistades», «ah, sí (y me iba para arriba), ¿y se puede saber cómo son esas amistades?». «AMISTADES, CARAJO, AMISTADES». Y Cañedo le pega un piñazo: «A mí no se me habla así, ¿oíste?», «¿y qué he hecho yo, coño?», «Usted entra a esa casa y se pone un pantalón si quiere ir a Varadero, y de chancletas nada, se pone tenis, para eso se los traigo del extranjero, no puede estar chancleteando como las putas del barrio de Colón». Y Cañedo le mete otro piñazo que tira a Alfredo al piso en el umbral de la casa. «No te vayas a pasar de mariconcito conmigo, ¿oíste?». Y Chela: «Cañedo, por favor, los vecinos». «Eso es lo que quiero, que me oigan los vecinos, te mato, coño (y me dio una patada en la barriga) aprende a hablar como los hombres, carajo». Y Chela interviene para contener a Cañedo, y el Ronco aprovecha para arrastrarse en dirección al pasillo del edificio y da un brinco y se aprieta la barriga adolorida por la patada, agarra la mochila con el brazo libre y sale corriendo por la puerta, «estoy cagado, Javy, si Cañedo me ve, me mata, seguro».

Acabamos de rebasar la última capa del tamiz policíaco desplegado en las dos avenidas principales de Varadero, cruzamos el puente de hierro y descendimos por una escalera hacia el área destinada a quienes carecen de invitaciones: las gradas, al fondo del anfiteatro, desde donde cantantes y músicos dan la impresión de ser enanos mudos aquejados por desórdenes psiquiátricos. Y yo: «Era verdad, la entrada es gratis». «¡Ay, Emilito!, ¿qué es lo que se cobra en este país, chico?, por eso nada sirve».

Sin embargo, esa noche te equivocaste, Javy, el espectáculo nos encantó. Pinelli y Consuelito presentaron a los grupos españoles que nos habían deleitado (*Mónica, tu nombre siento en los latidos de mi corazón*), a Sergio Endrigo (*se equivocó la paloma*), a Mirta y Raúl y a la Fornés que lloraba en la capilla. Un negro representante de Suecia o Dinamarca fue expulsado de Cuba esa madrugada acusado de agente de la CIA, y Silvio le daba las *buenas noches a amigos y enemigos*. Y había mucho flete y mucha calentazón en las gradas, y en los baños que quedaban debajo, donde abandonamos a su libre albedrío a Benigno, la Coppelia y a Guille, que había pegado las muletas a la pared y sentado en la taza ofrecía sus servicios de concertista a quien abriera la puerta. Y Javy: «Vámonos Emilito, a ver si podemos colarnos en una descarga, ahora empieza el festival de verdad».

Alguien nos aconsejó el hotel Oasis, apartado de Varadero, como el sitio idóneo para penetrar las madrugadas divertidas reservadas para los elegidos. Tomamos la carretera y nos unimos a un hato de entendidos y *hippies* borrachos con idénticos propósitos invasores. Fue imposible encontrar una brecha entre las fuerzas destacadas por la Seguridad en el hotel, y tuvimos que contentarnos con mirar desde una hendija de la cerca la felicidad de los elegidos. «Mira a la vieja del ICAIC, Javi, a la derecha». Allí estaba la culpable de los quinientos ciclos de Marilyn Monroe en la Cinemateca, rodeada de acólitos, en una de las mesas al borde de la piscina en forma de ocho. Su pepillo-chófer, pensativo, removía un cóctel recién servido por un rubiazo a quien la alta funcionaria atacaba a preguntas. Y Javy: «Esa descarada le debe estar proponiendo el protagónico de una película». Y yo: «¿Tú crees?». Y al rato nos empatamos con unos mirahuecos como nosotros y regresamos a Varadero mateándonos por la carretera, y fuimos a dar al motel Kawama, donde la vigilancia era mucho mayor, y nos colamos en los albergues de la escuela de natación que está al costado del motel, y a mitad de *logro* descubrí que había ido a parar al caserón destruido del cual me había escapado con los residuos de mi diario, y casi no se me paró la picha al acordame. «¿Qué te pasa?, ¿no te gusto?». Y la reacción se me fue pasando por las caricias y el ardor de David, de Cárdenas, a quien le daba locura poseerme.

Las locas nos esperaban pajareando y fleteando en la terminal de ómnibus. Hicimos el viaje de regreso los no elegibles para disfrutar del festival madrugador en las descargas de las piscinas de los hoteles, en los bares y los cabarets. Regresamos a pie, claro, cantando, riéndonos y mariconeando, en plena posesión de la libertad de la adolescencia que nunca pudo coartar la discriminación, ni las rejas, ni las caras de odio y turbia repulsión de los oficiales de la Seguridad del departamento en el cual nos habían clasificado: lacra social.

Amanecía cuando llegamos a los pasillos del Parque de las ocho mil taquillas. Los asientos de playa estaban llenos de gordos (¿segurosos?) y el césped y los bancos del parque de enfrente llenos de durmientes y soñolientos. Le pregunté a uno si conocía la casa de Lola (una vieja que le alquila a maricones), y respondió no, muy turbado, y seguimos preguntando por esa vieja que tenía que ser puta para gustarle alquilar solo a maricones. Y de súbito oí mi nombre y vi a Gabito levantarse de un grupo que yacía en la hierba, y Lázara lo acompañaba (se había peleado con Mari Blanca) y corrió a darme un beso. Les presenté a mis amigos y averiguamos por Lola. Y Gabito: «¿Ustedes ven ese caserón de dos plantas?». «¿El de la esquina?». «Sí, la parte de arriba es de Lola, los bajos son de su hijo seguroso». Y Lázara: «Ni vayan, ya tiene alquilado hasta el portal». Calla-niña-calla-boca-que-venimos-recomendadas, declaró Benigno apechugada.

Cruzamos la avenida y subí con Gabito por una escalera de cemento, rajada, y parado en el portal desbordado de colchonetas con mosquiteros en su total extensión rectangular, mi amigo de la infancia susurró: «Lola, Lola». Mutismo total. «Lola, Lola. No le da la gana de contestar, el cuarto de ella es ese». De unos mosquiteros sobresalían pedazos de muslos muy atractivos, pies, manos y hombros, expuestos a las picadas de mosquitos. Y Gabito: «Lola, Lola». Y escuchamos una voz más ronca que la de Alfredo, rajada y carrasposa: «Sssssió, sssssió, muchacho, te lo dije, no queda nada, ¿no ves cómo está el portal?». «No es para mí, Lola, son los muchachos de La Habana con reservación». «Ah, voy, voy». Por entre las hileras de colchonetas y mosquiteros, muslos y piernas, y pisando cuidadosamente para no despertar a su clientela, se acercó a la escalera donde estábamos una anciana que parecía la viva encarnación de un lucifer femenino: cara arrugadísima, papelillos en el pelo, un tabaco en la boca y vestida con un batilongo de saquitos de harina hasta los tobillos. «Sssssió, ¿eres tú?». «Sí, estos son los muchachos». «Bueno, vengan a las dos de la tarde, esa es la hora de entrada, y ahora bajen calladitos, hay personas decentes durmiendo en esta casa. Ah, recuerden, solo me queda el portal».

Por la mañana, Gabito y Lázara me remolcaron hasta el hotel Internacional, y nos tiramos en la arena, a unos metros de la Massiel y el Ángel Negro de Polonia. Y nos colamos en la descarga romántica del bar, cuyas puertas de cristales se abrían hacia la terraza, y me asombró ver a Miriam Ramos cantando, y pasan extranjeros y cubanos, y se suman a quienes la escuchábamos, y le susurro a Gabito y a Lázara que Miriam estaba prohibida en la televisión, en el Festival del Creador Musical (¿dónde estaban ustedes que no lo vieron?) Miriam fue anunciada y la cámara se movió hacia la copa de una frondosa ceiba detrás de la tarima, en el parque donde se celebraba el evento glorificador de la creación musical cubana, y los televidentes tuvieron que dar gracias a Dios por haber escuchado el agradable timbre de Miriam, sin verla ni poder confirmar la excelente intérprete que seguía siendo. Luego de la última nota de la orquesta y de los aplausos y las aclamaciones, y de que la cancionera bajara del entarimado, el lente de la cámara descendió lentamente de la copa de la ceiba y de las estrellas, y retornó a mostrar al locutor que anunciaba al siguiente cantante. «¿Y por qué está prohibida?». «Ah, yo qué sé, Gabito, mariconerías del ICRT[18]». Y el nutrido óvalo de público que repletaba las mesas del bar, la terraza y sus alrededores, ovacionó entusiasmado a Miriam, y la Massiel y el Ángel Negro de Polonia fueron a felicitarla. Y luego tocó un combo que daba vergüenza oír y regresamos a la playa. Y Gabito: «Vamos a plantar aquí, está medio vacío». Tomamos el sol un rato y Lázara me contó su problema con Mari Blanca, atraída de nuevo por las pichas se había empatado con un *cheo* del pueblo, bigotudo y de patillas. «Está buenísimo», me susurró Gabi, «el trigueño da la hora».

Nos pusimos de pie para meternos en el agua transparente, única, de Varadero, y le pedí a un matrimonio que se soleaba a unos pies de nosotros, que vigilaran las mochilas. Lázara, Gabito y yo, los tres en trusas deshilachadas y desteñidas, penetramos en el mar y descubrimos al lado a la Massiel y el Ángel Negro de Polonia. Y Lázara retornó a la orilla y se tendió de frente al matrimonio para que el sol la bañara de lleno, y comenzó a notar que la mujer la miraba con disimulo y comentaba algo con el marido que sonreía, y ella también, y él fue a comprar unos Cuba Libre en la piscina del Internacional, y le trajo uno a Lázara, y luego nos invitaron a la casona donde se hospedaban en el reparto DuPont, ahora rebautizado como Villa Cuba. Para la gente sigue siendo DuPont. Y fuimos a

---

[18] Siglas para Instituto Cubano de la Radio y la Televisión. *(N. del E.)*

DuPont los cinco caminando por la costa, soleándonos, hablando. Tras nuestras espaldas quedaron, en animada conversación y no sé en qué mezcla de idiomas, la Massiel y el Ángel Negro de Polonia.

El caserón que albergaba al matrimonio estaba al lado del que acogió mi primer beso y mi furtiva primera acostada. Había un Alfa Romeo en la puerta y entramos, y el hombre no atendía más que a Gabito y a mí, y hablaba muy raro. Y Gabi: «Emilito, este hombre está enmariguanado». Y la mujer: «Ven, Lázara, vamos a freír chicharrones de saladitos», y las dos se perdieron por un pasillo. El hombre nos invitó a que escogiéramos un disco en el multimueble y escogí uno de los Beatles. Puso el tocadiscos y nos sirvió sendos vasos de coñac, y nos brindó huevos de tortuga que me revolvieron el estómago, y la mujer y Lázara trajeron una bandeja con chicharrones y papas fritas. No queríamos creerlo, ¿te acordarás de esa hambre vieja que nos dejaban los chícharos y los huevos duros de la beca? Y ella: «Ven, Lázara, para que veas la casa». Y él las vio subir por la escalera y se tornó inquieto, y subía y bajaba disculpándose porque estaba enfermo del estómago. Y el tocadiscos: *Come together right now, come together right now*. Y el hombre abrió una gaveta del aparador del comedor y cogió unas pastillas blancas y se las tomó de un sopetón sin agua ni coñac. Gabito y yo no entendíamos qué pasaba, estábamos nerviosos. Y el hombre se empinó un vaso de coñac y canturreó a la par de la bocina del tocadiscos: *Cometugeder raídnao, cometugueder raídnao*, «vengan los dos para acá». Y nos sentamos a ambos lados del tipo, en el sofá de mimbre, y era que Gabito tenía dieciocho años y yo quince, y mi picha se paró enseguida y la del hombre se quería partir bajo el *short*, y manoseaba mis muslos y mi espalda, y nos agarró por los brazos y se irguió: «Cojan la botella y los vasos», *cometugueder raídnao, cometugueder raídnao*. Y subimos, pasamos por una puerta a través de la cual surgían esos ayes, ay, ay, inacabables de las tortilleras, *cometugueder raídnao, cometugueder raídnao, cometugueder raídnao* y entramos en una habitación a temperatura polar. Temblé y la picha se me encogió al mínimo, y al hombre no le importó el encogimiento y me bajó el *short* y se la metió en la boca, incluidos los huevos, los pendejos y la base, y su garganta caliente me la endureció. Y mientras, Gabito se la había colocado en las nalgas y la estaba desapareciendo.

Le dio mucha locura al cuarentón pelado corto y de molleros y espaldonas, las dos pichas jóvenes que lo traspasaban por dos de sus aberturas principales, y se tragó mi aguada preliminar y mi savia, y guardó la de Gabito, y al venirnos los tres cayó como muerto encima de la cama y comenzó a roncar. Y Gabi: «Tengo que averiguar quién es esta gozadora». Abrió el clóset, registró (ten cuidado, se puede despertar o puede venir esa mujer), y revolcó cinco gavetas, y de una sexta sacó un sobre de piel carmelita y descorrió su cremallera y sacó documentos militares y encontró un carné de las Fuerzas Armadas que acreditaba a un tal mayor Dionisio Gálvez González (tú ves, lo sabía), un certificado de estímulo, amarillento por el tiempo y firmado por el ministro, que felicitaba al susodicho mayor por su excelente trabajo al frente del Bon 16 de la UMAP, uno de los campamentos de trabajo forzado en Camagüey, donde había cumplido un año y siete meses de encierro, explotación y humillaciones nuestro amigo Rafa, clasificado de lacra social y acusado de maricón.

La portorra de las tetonas me llevó a los matorrales del lago Michigan. Me recuerda a ti por lo ladillosa, no la para nadie. Insistió en llevar a Rafa, por gusto, tú conoces su finura. Se lo perdió.

Hicimos una cadena internacionalista de ocho. La punta la iniciaba un venezolano que se la metía a la portorra, quien se la metía a un brasileño con unos muslazos del carajo que me la metía a mí. Yo a un guatemalteco, este a una argentina fortísima que gritaba hey, che, metéla despacio, porque el guatemalteco vive lejísimo. La argentina tuvo que metérsela a una india chiquitica y con una nariz de porrón horrible, no sé a quién se le ocurrió llevarla al lago, la pobre, el trabajo que pasará para lograrse. La argentina no sabía templar y al oír sus quejas le propuse un intercambio. Así gocé al guatemalteco que vive lejísimo. Tuve que metérsela a la india, pero valió la pena. El guatemalteco ahora me llama por teléfono y viene a verme. Me encanta, me echa dos palos seguidos y se queda como si nada, como si no hubiera empezado, insoportablemente.

Esa noche, los ocho encueros nos vinimos juntos. Fue comiquísimo oír los suspiros de orgasmo de nuestros hermanos latinoamericanos en sus acentos originales. Luego, la argentina protestona se encarnó en mí. Empezó a darme un concierto y la dejé por pena, y no lo hace mal, la verdad. Después se puso majadera y tuve que clavarla. No sé, tanto que gritó para meterse la del guatemalteco, y la mía la desapareció en un dos por tres, sin echarse saliva ni nada. Claro, la del guatemalteco es gorda, y tú sabes lo larga, flaca y jorobada que es la mía. Será por eso que se la bailó de un tirón.

Hey Jude

Era increíble, increíble y perrísimo. Por acuerdo de nuestras madres, Javy y yo podíamos irnos de la beca y estudiar el preuniversitario en un instituto de la calle. Estábamos libres (¡divinas, Emilito!), liberados de que en la escuela sonaran la alarma aérea a las diez de la noche del día menos pensado de la semana, o de que tuviéramos que realizar un simulacro de defensa y prepararnos para una invasión de los americanos, liberados de no tener que dejarnos babosear por un médico viejo del Hospital Ortopédico para que nos diagnosticara una artrosis cervical que nos exoneraba de los campos de caña en aquel Año del Esfuerzo Decisivo, libres de limpiar los albergues y del horario fijo de estudio, de no ver las caras desencajadas por la tortilla de la madrugada de las dos «tías» que cuidaban los albergues y nos servían la comida (tortilleras y comunistas: insoportables). Y la machona: «No me sale ninguno de pase sin haberse pelado, si vuelven a entrar un minuto tarde los llevo directo a la corte» (insoportablemente, la tortilla de anoche debe haberle quedado malísima). Libres de tener que esperar bajo el sol de las dos de la tarde, en formación militar, a que se nos explicara por qué no iban los diez millones de toneladas de azúcar luego de habernos obligado, durante siglos, a desgañitarnos gritando de que ¡van van! Estábamos libres de no tener que oír explicaciones de los diez millones de cosas que nunca iban a ir, de cuántas irían o cuántas no. Y yo, al oído de Javy: «Hasta hoy creo en este teatro y en los comunistas». «Era hora», contestaste con un signo de gozo en tu boca de Betty Boop, «hubiera preferido que fueras peor de negra y pájara que Papito, o loca del culo y de la cabeza como esa arrebatada de tu pueblo, en vez de maricón y comunista, insoportablemente».

Estudiamos en el preuniversitario de El Vedado por la mañana, y alrededor de las tres estábamos tomando sol en los bancos de cemento, o en uno de los muelles destruidos de la Playita de 16. Y yo no me metía en el agua si no era en tenis, me aterran los erizos (están en los huecos, Emilito, eres insoportable, no te hacen nada). Y caminabas por las rocas como si fueran el Paseo del Prado, y nadas y compites con los pepillos nadadores de Miramar, y les ganas, «ese maricón tiene unos pulmones del carajo, ¡coñó, de pinga!». Y le haces canasta de canastas a las locas clásicas de la Playita, y te salían carabinas jugando a los dados con los *cheos*. Y uno que andaba dándose aires de intelectual te prestó la edición mexicana de *El mundo alucinante*, y protestaste por los años de retraso con que te leías la historia de fray Servando, «tú ves, no solo es el ICAIC el que nos programa». El hombre dijo ser amigo de Reinaldo Arenas: «Se los voy a presentar en cuanto salga de la prisión, le tuvieron que premiar la novela a pesar del voto negativo de Carpentier, ¿lo sabían?, fíjense, está en la dedicatoria del libro».

«Javy, ¿y por qué esa casa del lado está siempre vigilada?», «Dicen que tienen preso ahí a un traficante de drogas americano». «¿Y quiénes viven en aquella cuyo patio llega a la Playita?», «El ministro de transporte», «¿Y en la de la piscina?», «Ay, ¡qué sé yo!, ¡eres insoportable!». Y te ibas a conversar o a *lograrte* con Alberto Méndez el del Ballet Nacional, o hablabas con uno de los funcionarios residentes del barrio que veraneaban, o con las viejas, o los pepillos que empezaban a pelarse contigo y a comprarte los pantalones campanas que diseñabas y vendías, y se la paras a este y se la toco a ese, y un atardecer sobre los guijarros llenos de maricones cantamos a dúo: *Yo soy una muchacha igual que todas, igual que todas, igual, igual.*

Me maravillaste tanto, Javy, que creí haberme enamorado de ti, tu ausencia se me hacía insufrible. Y una noche te metiste en el garaje de uno de los edificios de becados de la Playita, donde le diste un *concierto* a un pepillo (menor que la mía, insoportablemente), sus muslazos de pelotero te habían enviciado, y se los muerdes, y estabas lamiendo sus vellos rubios en las entrepiernas cuando apareció un policía vestido de civil (hey, ¿qué están haciendo ustedes?), y los alumbró con una linterna y le ordenó al pelotero que se fuera, «me voy a llevar preso al pasivo», y el rubiazo se puso el pantalón y se largó azorado, y el policía se te encimó acariciándote la picha muerta, y se arrodilló en el suelo y te dio un *concierto* hasta tragarse tu savia, «¡qué grande la tienes, compadre, qué grande, coñó!».

Si supieras cómo ha cambiado la Playita de 16, no queda ni asomo de lo que era el pulmón del ambiente habanero. Han rellenado con cemento los dientes de perro y han puesto timbiriches para vender ropa *chea* y carísima, y en unos altavoces se escucha música americana, y un locutor asegura que somos felices aquí, y hay vallas: YO ME QUEDO, AMO ESTA ISLA. Y estas rocas se promueven por la tele como cómoda opción rellena de cemento para la juventud en su tiempo libre, ¿quién lo iba a decir, Javy?, ¿eh? En lo que fuera la Playita de 16. El día que te enteres, no lo vas a creer.

Nos corríamos hacia La Concha, cuyas taquillas (recintos idóneos para tus demorados alardes técnicos) cuidaba un bugarrón feo y arrugado como una desgracia. Y adentro lanzabas a un negro al banco para sentarte en sus piernas, o te colgabas del travesaño de las perchas del vestidor para alardear desde el aire como la coja Guille (yo aprendería a hacerlo en mi sala apuntalada), o era que la *desaparecías* de pie y tu amante para darse gusto te había ido doblando la cabeza hasta que dio con la puerta del cuartucho, y se te forman dos chichones que no descubres sino por la noche al descansar del ejercicio. Y alardeas de lado, boca abajo, boca arriba, acostado encima del mulato, y te volvías la Osterizer en máxima revolución que eres, y batías la picha dentro de ti, y la apretabas, y no te detienes hasta sentir la vena vaciarse dentro de ti, *summum* de tu *summum*, inyectándote savia. Y era que el portero bugarrón, feo y arrugado como una desgracia, los había estado mirando y se había masturbado (la puerta estaba desvencijada, insoportable), y en vez de irte optaste por complacerlo también.

Se puso de moda el Patricio (un tal Yatch Club en el capitalismo), y sus muelles de madera podrida y los de cemento desbaratados por el oleaje se desbordaban de maricones, entendidos, bugarrones, putas y tortilleras, y te tirabas a nadar, y una tarde fleteábamos dos pepillos cuando nos arrastró una ola a través del musgo adherido al cemento y caímos al agua, «Javy, me ahogo», «flota, coño, flota, estoy llegando», «¡ay, ay!», «cálmate, no pasa nada, Emilito, cálmate», «me hala, el agua me hala para el fondo». Me sujeté a tu cuello y me arrastraste a la escalerita del muelle, me relajé y nos fuimos a fletear a los dos pepillos de nuevo, ¡qué susto, pensaba que me había llegado la hora!

A tres cuadras del Patricio estaba la mansión de Pepe Luis, dermatólogo del leprosorio de La Habana, quien nos recetaba tratamiento para la gonorrea, «no se te quita porque te reinfestas, muchacho, así jamás te vas a curar, en mi vida he visto un caso así». Y Felito, antiguo compromiso de Pepe Luis, hacía las veces de dama de compañía (esa calva lo que quiere es quedarse con la casa, qué mal pensado eres, Emilito) y un día te la metió por delante en una de las camas imperiales de la mansión, uno de esos alardes técnicos tuyos que aun no entiendo: el más aparatoso que te había visto realizar hasta el momento. Y puesto que Alfredo no estaba vivo para desmontarnos los cristales de la ventana Miami de su cuarto y permitirnos alardear en su apartamento, fuimos a muchas casas de tía donde hicimos interminables *vicios* y alardes. Y entras por el pasillo que accede al Pío Pío de la calle L, y pegado a la puerta rota había un actor muy famoso que te la tocó enseguida, y un policía cargó con ustedes dos, y ni siquiera la tenías parada, y estuvieron presos hasta las siete de la mañana. Pasaban las horas y nadie les decía nada, y al cambiar el turno de oficiales, uno de ellos les preguntó cuál era el lío, y ustedes respondieron que no sabían, y entonces él le preguntó a un compañero suyo y tampoco sabía, «son maricones» (el viejo trabajó en el programa Aventuras de la televisión, y míralo, es partío, partío, no me lo creo todavía), y el teniente viene a soltarlos, «no estoy para mariconería tan temprano, agilen por esa puerta, no los quiero volver a ver».

En la Plaza de la Revolución se estaban fundiendo los cimientos del primer rascacielos construido por el comunismo en América Latina (son insoportables: oficinas y oficinas y al pueblo se les caen los techos en la cabeza) y los constructores levantan unas casetas y unos baños de madera para ellos. Benigno pasaba cerca a diario en guagua, camino al trabajo. Vio los baños y no-podía-creerlo-niña-es-una-nave-larga-y-en-dos-minutos-vi-que-entraron-como-diez-el-*vicio*-debe-estar-que-se-hace-ola. Esa tarde habías quedado en repasarme matemática, Javy, y no me esperaste. Y tu mamá: «Es raro, no me dijo adónde iba». Y yo: «No importa, Zoila, vengo después». Me imaginaba por qué te habías demorado y fui al baño.

Eran alrededor de las tres de la tarde y estaba que no cabía un grano de maíz: ingenieros de los ministerios próximos, gastronómicos, un mulato militar, civiles, viejos, adolescentes y Lulú con apenas doce años. Llegaste y tu mirada viciosa hizo un paneo abriéndose paso dificultosamente por el largo y maloliente pasillo, y tu boca de Betty Boop hacía sus habituales rictus y sus saboreos ansiosos, hasta que se reveló, en uno de los cubículos que ibas inspeccionando con meticulosidad, una picha tubular, enloquecedora, perteneciente a un medio *jabao* de pelo rojizo y piel pecosa (ay, esas mezclas insoportables), y te sembraste a desaparecerla en uno de esos alardes tuyos públicos y notorios, escandalosos. Por uno de los extremos de la nave de madera, en la puerta, un recluta: «A ver, dejen la mariconá, ahí viene el casco». Y las manipulaciones se detenían y los cuerpos se separaban raudos. Aviso inútil, porque si era cierto que el casco, como le llamaba ese recluta a la policía, estaba cerca, cargaría con María Santísima y los acusarían usando la convincente figura delictiva de convicción visual. En definitiva, las pichas no retornan a su tamaño normal a igual velocidad, eso depende de ciertos factores emocionales y físicos. Y si se trata de pichas gordas, peor, esas llegan sarazas al calabozo sin remedio. Y un recluta jodedor: «Preso, preso tol mundo». Se mete en un cubículo donde le dan un *concierto*. «Sigan, sigan, estos reclutas son unos jodedores», aclara alguien. Decirte eso a ti, Javy, que sigas, si no habías ni empezado. Y el *jabao* grandón detrás de ti: «Te la metiste completa, compadre, ¡qué bárbaro!». Y tú: «No te muevas, déjame a mí».

Del resto de los cubículos del baño inmenso empezó a venir gente a agolparse alrededor de tu *jabao* y de ti. Y tú: «No te muevas, déjame a mí». Y el *jabao*, acomplejado porque venían a ver el *vicio*, se puso de espaldas a la pared para que su pantalón corrido hasta las rodillas no mostrara sus nalgas duras, sino solo el alarde público y notorio de tus nalgas funestas. Y se escuchaban asertos como: «¡Coñó, esa loca es una tragona del carajo!, yo la conozco, lo malo es que tiene letra de prisión, y además un culo feísimo, desflecado, ah, ah...», gimió uno que se estaba masturbando a costa de ustedes, «ah, ah...». «¡Ay, ay!», una que había eyaculado acariciando los huevones colorados del *jabao*, y la dejaste hacer para que cada una cogiera su pedacito de olor masculino. Y uno de los bugarrones presentes: «Ese *jabao* vive por mi casa y le perforó el bollo a su mujer». Y le responden: «Pues esta se la ha metido cómodamente». Y un tercero: «No lo creas, no, mírala como suda y se queja». Desdichados ingenuos que habían confundido tus hipidos con quejas. Y un cuarto, casi con orgullo de conocerte: «Esa es la Javier, ella puede con lo que sea». Y la gente se sigue amontonando alrededor de ustedes y son muchos los pares de ojos que escudriñan y disfrutan del espectáculo de tu alarde público y notorio, y «agáchate, chica, córrete niña que no me dejas ver, ay, que me manchas, no resisto la leche de locas...». Y el *jabao* se está moviendo muy sabroso y como quince locas están masturbándose.

De súbito, en ambas entradas de la nave: «¡Quieto todo el mundo, quieto todo el mundo y saquen sus carneses de identidad, de estudio o de trabajo, arriba!». El *jabao* saca de tus nalgas funestas su tercer brazo, de un tirón (¡ay, coño!), y se la acomoda hacia arriba, hacia el ombligo, y la picha le llega al pecho y se arregla la camisa por fuera del pantalón, nervioso. Los demás bugarrones, las locas y los entendidos se acomodan sus pichas y muestran sus documentos de identificación a los policías. «Este va». «¿Por qué?, fíjese, soy yo, es mi carné». «No importa, te vas, sube». «Ese no, este sí...». Y mientras, tú, Javy, aterrorizado, mirabas las hendijas de los tablones en la pared y calculabas su separación del techo, y no había ni una sola ventana en la nave que te permitiera escapar. Miras el hueco del excusado y hacia abajo, lleno de lava verde, amarillenta y apestosa, salpicada de cal, y te descuelgas por el agujero usado para defecar, y tus tenis rotos se embarran de mierda y unos gusanos te suben por las piernas, y te agachas y se ensucian tus rodillas y te desplazas a la derecha, justo debajo de los tablones divisorios de esos dos cubículos, y apestas, sudas y la alergia te brota y no sabes cómo lograste dominar los estornudos que te hubieran delatado. Estás a salvo. Encima de ti continúan deteniendo a la gente. «Hey, tú y tú, bugarrones, vagos habituales, a la jaula. Hey, tú y tú, maricones, a pesar de que trabajen y sean unas lumbreras de la ciencia y la técnica socialistas, a la jaula, eso se lo explican al oficial de guardia».

Entré y había dos parejas enviciadas, y caminé por el pasillo de la casa de tía en total abandono (Benigno debe estar medio esclerótico o exageró, esto está malísimo), y me pongo a mear en uno de los cubículos y noto que algo se ha movido abajo esquivando mi chorro, y veo un hombre y una cabeza: «Javy, ¿qué tú pintas ahí abajo?», «¿Se fueron?», «¿Quiénes?, lo que hay son cuatro maricones enviciados». Me doblé a carcajadas, no podía creerlo. «Dale, coño, dame la mano para subir, tú como siempre, eres insoportable». Estabas cagado de la cabeza a los pies, y yo muerto de risa no acertaba a ayudarte, «¡coño, no comas tanta mierda! (¿ah, yo?), ve a casa a traerme una muda de ropa, dile a mami que tuve un accidente, lo que sea, acaba de irte coño, eres insoportable».

Después de ese alarde público, notorio e inconcluso, decidiste meter los amantes en tu cama, siguiendo mis sugerencias: «Tu cuarto es el primero, Javy, ¿cómo no se te había ocurrido?». «No es eso, Emilito, me da pena con mami. ¿Tú te imaginas que me coja?, me muero de pena, de vergüenza». «¿Y tu puerta no tiene llave?». «No es eso, eres insoportable».

«Bueno, es preferible que te descubra Zoila a caer preso, digo, quizás estoy equivocado».

Tenía que dedicarme a las asignaturas de ciencias si quería acercarme al promedio de un ochenta y pico o noventa, y alcanzar un buen lugar en el escalafón de los que solicitaríamos carreras de lengua y literatura, de manera que los repasos y el estudio no me dejaban tiempo libre. En cambio, tus notas oscilaban de noventa y siete a cien, como en la secundaria. Y cosías, pelabas y alardeabas en tu cuarto, y una madrugada te fuiste de rosca y metiste a seis, y una vecina tuya de guardia en la cuadra los vio. Y la mujer llama a la policía y va con uno de civil a despertar a Zoila (estábamos los seis encueros en pelota, *lográndonos*): «¡Te están robando, Zoila, te están robando!». Y te escabulles por el patio y brincas a una azotea y te apareces en mi cuarto a las dos de la madrugada, atacado de los nervios como nunca te había visto, «no puedo volver a mirar a la cara a mi madre, Emilito, no puedo, ¡qué pena con ella!».

Y era que en el cine Payret estrenan la película *Faraón* y fuimos una tarde, y en la casa de tía nos dimos de boca con Noel, el secretario general de la Juventud Comunista del pre-universitario (sabía que era maricón, insoportable), y se hace el que no nos ve y sale huyendo. Y me ligo con una loquita preciosa y vamos a sentarnos al lateral de la izquierda, y dos filas adelante veo aparecer tu cabeza: habías terminado de darle un *concierto* a un negro. Y luego de terminar con mi loquita preciosa, me acomodo a dos asientos de ti para ver la película, y viene uno y me pega el muslo y el codo, no me gustaba y me corrí de butaca. Y a ti te habían cogido por ambos flancos y eras un pulpo que agarrabas por aquí y te metían el dedo por allá, y masturbabas por acullá hasta que se vinieron los tres. Y tú: «Voy a ver tranquilo la película, ¡ay qué *vicio*!». Y llegó un trigueño, te miró y se fueron juntos, y jamás viste *Faraón*. Y proyectan el Noticiero ICAIC y me levanto para hacer tiempo en el vestíbulo, y veo en la pantalla al Gran Cacique Indio, dueño de la Piedra Filosofal y del Arcano de la Salvación, en un discurso de los suyos cuyo fondo musical in crescendo era nada menos que *la, la, la, lalalalala, lalalalala, hey*

Jude. Y casi me da un infarto masivo en el cine. «¿Aquello significaba algo? ¿Cambiarían las cosas?», «no seas insoportable, ¿qué va a cambiar?, es pura pantalla y apariencia, olvídate de eso».

El hombre que tampoco te dejó ver *Faraón* arrastró contigo para unos matorrales en la Habana del Este, a la salida del túnel de la bahía. Se habían desnudado y el trigueño te poseyó en un claro de madrugada que daba mucha locura. Al concluir tu *desaparición*, sintieron unas voces y se separaron. Y acaso por tu sordera, te dirigiste exactamente en dirección a los inoportunos. «Hey, hey, alto, ¿qué hace usted saliendo de esa maleza?, identifíquese». «Entré a ensuciar, combatiente». «¿A ensuciar?, ¿usted vino de La Habana a cagar a estos matorrales?». «No, estaba de visita». «¿Y no había baño en esa casa?, arriba, arriba, andando, explíquele esa historia al oficial de guardia». Te tuvieron incomunicado dos días. Zoila estaba desesperada, y fui con ella y tu padrastro a indagar por las estaciones de policía, hasta que te localizamos en la Habana del Este. Y: «Esta es la ciudad Camilo Cienfuegos, Habana del Este era en tiempos de la burguesía, y ese ciudadano está acusado de salida ilegal del país».

Tu abogado defensor se enamoró de Zoila y te sacó del juicio con una multa de no me acuerdo cuánto. Esa mañana había ido yo a la biblioteca de la escuela a llenar la planilla de solicitud de la carrera. Escribí los datos en la mía solicitando Estudios Cubanos, y llené la tuya pidiendo Licenciatura en Matemática y la firmé. Apareciste con la cabeza rapada y la gente en la escuela comentó que habías cogido piojos. Los de la Juventud Comunista sabían la verdad. Y retornó el desasosiego y la angustia, no solo por sabernos «unos maricones que podían estudiar gracias a la Revolución y les exigimos dedicación al bienestar de la patria y su participación en la construcción del comunismo». Se trataba de nuestras carreras, de lo que seríamos o no en el futuro, y eso nunca dejó de ser importante para nosotros.

En el vestíbulo del instituto colocaron los listados con los estudiantes aceptados en la universidad, menos de quienes habíamos pedido Sociología, Letras, Ciencias y Psicología (carreras malditas). Y Noel, la comadre infiltrada y dirigente del núcleo de la Juventud Comunista en la escuela, fue a tu casa luego de la asamblea de análisis realizada con los factores (Partido, Juventud y claustro de profesores), donde se opinó sobre ti. La profesora de Matemática dijo saber de tus visitas a la Playita de 16, pese a que fueras su monitor preferido y la sustituyeras con frecuencia porque tenía dos niños pequeños: «Ustedes han podido recibir estas clases gracias a Javier, y han obtenido mejores resultados que en la unidad temática que les expliqué, este triunfo se lo debemos a él». Y Noel: «En la reunión planteó que tu personalidad estaba deformada y eras contrarrevolucionario, y la entrega de determinadas carreras claves para el país es un asunto muy delicado, esas decisiones son peligrosas». Y yo: «¿Y de mí qué dijo?». «¡Ay no sé!, que eres íntima de esta. Escúchenme, van a falsear los promedios para eliminarlos a ustedes dos de los primeros puestos del escalafón de las carreras y dárselas a la gente que ellos quieren, ya lo saben, ni me miren, no me conocen». «Falsearme el promedio a mí», era Javy, «que ni lo sueñen, yo guardo mis certificados de notas y he calculado perfectamente lo que voy a sacar: noventa y seis, que ni lo sueñen». «¿Y yo qué voy a hacer?». «Tú, como siempre, Emilito, insoportablemente, no te preocupes, los que van a pedir carreras de humanidades son unos mediocres y no han escrito ni una línea. Tú, al menos, has escrito tus poemas». Qué orgulloso me sentí, Javy, oyendo tu opinión de esas cuartillas que un día viste por casualidad, leíste y por un rictus de tu boca de Betty Boop sobreentendí que no te habían gustado.

Y seguro que el Partido, la Juventud y el claustro se sentaron a pensarlo dos veces, pues nuestros nombres aparecieron en las tablillas, en los primeros lugares del escalafón de las carreras, y dimos tres gritos en el vestíbulo del instituto y corrimos a coger la guagua para la Playita de 16, henchidos de esperanza y certitud en el futuro, de que nos pertenecía por completo, aun siendo unos irremediables enamorados de las formas y los olores masculinos.

Comencé a trabajar como camarero en el restaurante de un pájaro cubano medio viejo, podrido en dinero. Espero que esto sea por corto tiempo, la gente es insoportable, se quejan y exigen como si fueran príncipes. Hay que aguantarlos porque se hace buen dinero. Imagínate, con mi sordera a veces me confundo, me piden sal y les traigo salsa picante mexicana. Los americanos hablan muy rápido, todo es demasiado rápido, hasta la templeta. Voy a matricular en un curso de cosmetología y soltaré la bandeja.

Como este recorte de anuncio es el Nissan que me compré. Me ha dejado como las putas en Cuaresma, no tengo ni para tirarme una foto con el dichoso carro, no me importa. Cualquier apuro de enfermedad o financiero, sé a quién recurrir. Lo principal es que saqué mi Nissan de la agencia y ando con logros a montones. Estoy insoportablemente, ¿verdad? Recuerdos a las comadres.

Here, there, and everywhere

Rafa, el más viejo de nosotros tres, con qué entusiasmo te fuiste a estudiar física nuclear en la Universidad Lomonósov de Moscú, vas a ser el pionero de esa especialidad en Cuba y América Latina, vas a ser un gran investigador, vas a escribir un libro sobre la energética nuclear cubana, distinta a cualquier energía del mundo, y vas a crear un átomo latinoamericano, distinto a cualquier átomo del universo. Rafa, has sido seleccionado entre los mejores expedientes de bachillerato del país, das un paso trascendental que te conducirá a ser un honorable ciudadano y un gran científico servidor de tu patria, del comunismo, del internacionalismo y de todos los ismos contenidos en el credo que te obligan a profesar.

Te embarcas para Europa, atraviesas el estrecho de Gibraltar y las arenas de España, y las costas de Marruecos y Argelia, y vas a enamorarte de los delfines que te han ido acompañando en la travesía a ambos costados del barco, y te cuidas de los maricones tapados, y conoces a Luis (¡un mulato que estaba!) y a Caridad, quienes a la semana de embarcados no aguantaron y una madrugada abandonan sus respectivos camarotes para encaramarse en uno de los botes salvavidas de la cubierta, y se olvidan de que estaban en un buque en alta mar y, «dámela pipo, dámela mima, dámela pipo, dámela mima, dámela dale». Y unos se despiertan y se asoman por el puente de mando, y por babor y por estribor «dámela pipo, dámela mima», y en la oscuridad «dámela pipo, dámela mima», y opacando el ruido de las olas y de la hélice «dámela pipo, dámela mima, ¡¡pipo!!, ¡¡mima!!, ¡¡ay pipo, ay pipo!! ¡¡Dámela mima!!». Y un estudiante de geología trae una guitarra y canta en babor y en estribor esos boleros sin muerte de José Antonio

Méndez, y un gordo que también va a estudiar geología no se le despega, y tú, Rafa, piensas que le anda detrás.

Nevaba en Odesa cuando el buque Grusia atracó en uno de los muelles del puerto. Odesa Mama, madre de los delincuentes de esa región del Mar Negro, recibió a los cubanos con el robo del neceser de una estudiante y con los abrigos de los años cuarenta que unos tenderos llevaron al buque para vender a cuenta de un adelanto del crédito de trescientos rublos que les otorgaban a los becados. A Elisa le habían robado el neceser, pero en su maletín guardaba un trofeo que exhibió orgullosa en la primera reunión del colectivo de la preparatoria de Moscú. «Esta bandera (Elisa abre la insignia nacional y la extiende delante del alumnado) me la entregó personalmente el compañero Carlos Rafael, diciéndome: toma esta bandera Elisa, que es una prueba de la confianza que el gobierno tiene en ustedes. Carlos me dijo: es para el colectivo de Moscú, Elisa, un testimonio de la fe que han depositado en ustedes nuestros máximos dirigentes. Carlos me dijo: toma Elisa, y llévala tú para que la pongas en tu cuarto, en recuerdo de la patria. Carlos me dijo: Elisa, toma también estas fotos del Che, de Fidel, de Camilo, para que los muchachos sientan viva su presencia. Carlos me dijo: Elisa, toma este disco de Bola de Nieve y este de Elena Burke, para que tengan música cubana en el tiempo libre. Carlos me dijo...».

Rafa lo conoció en el baño colectivo, bañándose. La cabeza del húngaro choca con la ducha y se agacha para que el agua le corra completamente desde los pelos hasta el calcañal. Ojos grandes, de gitano curioso, una nariz de porrón y una bocaza y un cuerpo de negro estibador de los muelles, y una mirada que se hermosea de verde, azul y castaño, y no sabremos nunca de cuántos destellos adicionales, que encandiló a mi amigo Rafa. Polacos, checos, búlgaros, macedonios, rusos se restregaban sus espaldas y bromeaban con esa manera eslava de empujarse, jugar de manos y reírse de un gesto insignificante de fastidio del amigo, y Rafa mira de soslayo las soberbias extremidades de Matías, va de los muslos al pecho, del pecho a los pies, pies de campesino húngaro, venoso, de dedos gruesos y tobillos muy anchos y pantorrillas ligeramente vellosas, único sitio del cuerpo de Matías donde habían nacido esos hilitos dorados que te encantaba morder y arrancar, Rafa, y caíste muerto por la belleza bucólica, fabuladora y danubiana del uraloaltaico que se bañaba a tu lado, y enjabonándote piensas en esos legados que cada raza deposita en sus varones, para maldición del homosexual, y mi amigo siente un toquecito de jabón en el brazo: Matías le pedía que le enjabonara la espalda. Incrédulo, Rafa agarra el jabón y estrega el lomo ancho del húngaro, que se ha inclinado para facilitar la empresa, y estrega y estrega sin descanso, como si hubiera viajado a Europa a especializarse en estregones y no a estudiar física nuclear, y con la esponja estrega más, en forma de círculo sobre los omóplatos, a lo largo de la columna, siguiendo la dirección de las vértebras (qué maravilla de torso, me quedo corto con lo que les cuento, se los juro; eres insoportablemente, Rafa), hasta que un gesto suave de Matías y una sonrisa de sus labios coloradotes detienen al tenaz estregador.

Terminan el baño y principian la amistad. Se comunican en inglés, y el húngaro viene a visitar a Rafa al cuarto que comparte con un checo dormilón, también seleccionado para estudiar física, y una noche helada, luego de beber mucho vodka, el checo empezó a roncar, y a Rafa y a Matías les da por jugar de manos, y de repente quedan boca a boca, cara a cara, respirándose, oliéndose, y se besan y se aprietan y retozan, y hay un siguiente retozo en el baño, cuya puerta aseguran por dentro, y Matías se sienta en la taza por indicación de Rafa («córrete para la punta, ve», le habrás dicho en un español inteligible para el húngaro), y de espaldas, Rafa, te le sientas encima y la *desapareces* y te mueves con ese telurismo sincrónico que saca fuego, locura y savia, y no se cayeron de la taza porque los brazos de Matías se aguantaban de la pared, y ambos jadean y sudan y eyaculan al unísono, sin aviso ni anticipación, y el húngaro recuesta su cabeza en tu nuca, Rafa, descansa unos minutos y se levanta desconcertado por lo intenso que lo has hecho disfrutar.

Y se queda a dormir en el albergue de Rafa, encima de Rafa, debajo de Rafa, sin entender cómo cabían en una cama individual de becado (le colgaban los pies de la cama, como a ti te

gusta, Emilito). Y al checo, tu compañero de cuarto, le parecía
normal que, si estaban conversando y riendo hasta tarde, el húngaro durmiera allí, puesto que cerraban las puertas de entrada del
edificio a las diez de la noche y había frío y era insufrible cruzar
los patios congelados, o simplemente porque deseaban amanecer juntos y tocarse de madrugada, y acariciarse en silencio
cuando las luces y las frases se hubieran apagado. Y tú, Rafa,
palpabas sus largos brazos y sus músculos de nadador y fut-
bolista, y él hundía sus manazas en tu pelo negro, y los dos se
miraban sin verse, y esperaban a ver quién se dormía primero,
quién dejaba de revisar su propia forma en la de su compañero, quién acababa de aburrirse viéndose como en un espejo,
sin verse, y hermoseados por la asunción de estar amando sus
respectivas identidades, su propio sexo en el del otro, sus mismas zonas erógenas y sus mismas zonas tiernas y los mismos
músculos (los tuyos, atemperados, pues nunca fuiste futbo-
lista ni menos nadador, Rafa), y sus mismas ideas sobre un
centenar de cuestiones, si bien eso hubiera parecido imposible
entre un uraloaltaico y un cubano.

En Cuba se estaban creando las células de la Unión de Jóvenes Comunistas en los centros de trabajo y en las aulas, y llegó
la orden de que fueran organizadas dondequiera que se encon-
traran cubanos estudiando. Eso implicaba una previa catarsis colectiva que esclareciera las mentes y refrenara las actitudes, y los
problemas que se habían ido presentando y estaban engavetados
acabaron por saltar como chispas que encendieran la mecha de
la catarsis. Y de la preparatoria de Minsk son expulsados varios
jóvenes por emitir criterios prochinos, y de la preparatoria de
Moscú, pipo y mima que continuaban manteniendo una conducta indecorosa en los albergues y donde primero les entraran
ganas. Y Elisa la Bandera fue arrastrada a una asamblea catártica
en el salón de actos, por haberle hecho una paja a su novio en el
baño colectivo, y allí estaba también Ana Luisa, quien había ido
a estudiar la tecnología de las cuchillas de afeitar. En uno de los
monumentales desfiles que celebraban los aniversarios de la Revolución de Octubre, a Ana Luisa le taparon su ventana del
cuarto con una imagen de Nikita Kruschev, y la cubana cogió

una cuchilla de afeitar y tasajeó por el envés el ojo derecho del jefe de estado soviético (¡soy claustrofóbica!, ¿no me entienden?, ¡soy claustrofóbica, contra!), con lo cual se había ganado su sitio en el banquillo de los acusados.

Quintero, el responsable de los becados cubanos en la URSS, demoraba en llegar y la reunión se aplazaba, y ya había habido casos de hipertensión y diarreas. Irrumpe Quintero y se acomoda en el estrado, junto a los miembros del Partido y la Juventud, de espaldas a la bandera cubana que Carlos Rafael le había entregado a Elisa la Bandera, y de espaldas a un busto de José Martí y a fotos de mártires y líderes cubanos de la independencia y la modernidad. El gordo Godofredo inició el juicio. A una señal del jurado, el gordo se puso de pie y dijo: «Pues nada, que abrí la puerta del baño y los vi en posición comprometedora». «¡Eso atenta contra la moral socialista!», gritó alguien. «¡Es una situación vergonzosa, inmoral, antimarxista!», voceó el siguiente. Es intolerable en los becados cubanos, mancilla el ejemplo del país a los ojos del mundo entero (¿una paja?, ay, Rafa, qué insoportablemente). Y así estuvo el tribunal inquisitorio, durante una hora, acusando a Elisa la Bandera, quien quedó rebautizada como Elisa la Pajera, «nadie la tragaba, Emilito, desde que se apareció con su bandera y su Carlos Rafael me dijo y su Carlos Rafael me pidió».

Quintero bosteza y cabecea en tres ocasiones, y se levanta del estrado orientando que continúen sin él, «tengo asuntos pendientes en la embajada, no saben cuánto siento retirarme, cualquier medida que se adopte por mayoría tiene mi visto bueno, sigan analizando estos gravísimos problemas con esta combatividad y este entusiasmo, eso es lo que quieren la Revolución y el Partido, y eso es lo que esperan de ustedes, sigan, que van bien». Y por unanimidad, Elisa fue expulsada de la Unión Soviética por pajera, y en el expediente del novio colocaron una carta de conducta reprobable (los héteros como siempre, el macho siempre es el macho, insoportables), y Ana Luisa fue enviada presa a Cuba, acusada de contrarrevolucionaria y diversionista y de ensuciar la imagen del estudiantado cubano al tasajear el ojo derecho del máximo líder del comunismo.

Y salió de gira hacia Europa el Music Hall de Cuba con sus boleros sin muerte, los ritmos que se habían cocinado en la isla parrandera y uno reciente que arrebató a París. Y siguió el delirio cubano por el resto de los países europeos, estremeciendo al continente, en dirección a los hermanos países socialistas. Y era que la *troupe* había acampado en un pueblo junto a una unidad militar del Pacto de Varsovia y los bailarines de la compañía habían corrompido a los reclutas en los bosques cercanos, donde hubo mucha locura, y llegaron a Moscú a trepidar los oídos y las mentes de esa aldea gigantesca, estos cubanos vienen de Francia, con modelos, rumberas y un baile de tambores que se llama mozambique, y las entradas se revendían al doble en los alrededores del Palacio de los Deportes, y los moscovitas y los estudiantes cubanos las compraban.

Rafa y Matías asistieron al espectáculo. Y era que Sonia Calero baila una rumba, y Elena Burke y José Antonio Méndez descargan sus bolerones, y Celeste Mendoza baja del escenario con ese aire suyo de Reina del Guaguancó y le besa la calva a un viejo de la primera fila, quien brinca y abandona indignado el teatro, y hay mucha risa, calor y baile. Y el cierre del espectáculo estremece al Palacio de los Deportes de Moscú. «Camaradas, recibamos con un aplauso el gran cierre de esta noche cubana inolvidable: Pello el Afrokán y su ritmo mozambique», *que es esto que llega y pierdo la calma, que toda mi sangre grita, ¡eh, mozambique!, ¡que toda mi sangre grita, eh, mozambique!* Y Matías mueve su corpulencia uraloaltaica detrás de ti, Rafa, a tu derecha, a tu izquierda, y *toda mi sangre grita, eh, ¡mozambique!, y toda mi sangre grita: ¡eh, mozambique!* Bullicioso pretexto para pegarse a tus nalgas, a tu costado, para rozarte un codo. Y del teatro se desplazaron al hotel donde se hospedaban los artistas. Y Pello el Afrokán, parado en el medio del vestíbulo: «¡A relajarse, que paga Pello!». Y en el restaurante, Rafa y Matías (continuo anacronismo uraloaltaico en ese aquelarre de cubanos) bebieron vino, cerveza, *champagne* y se emborracharon como había querido Pello.

A la tarde siguiente, Elena y José Antonio cumplieron su promesa de visitar los albergues, y en uno de los salones de estudio se formó la descarga. *Duele, mucho, duele sentirse tan solo, saber que llegó el fin de todos tus besos, que es por mi culpa que estoy, hoy padeciendo mi suerte, duele, mucho ser como soy.* Y el gigante uraloaltaico estuvo al lado tuyo oyendo esos boleros eternos, disfrutándolos sin entenderlos, y un bailarín del Music Hall te miró, Rafa, y tú le sostuviste la mirada, un corrientazo cubano, y Matías los descubrió, te empujó delante de la gente y se perdió. Y tú continuabas jalado como había querido Pello, y no parabas de hablar con tu compatriota, bailarín del Music Hall, que te había dado el corrientazo.

Cerca de las tres de la madrugada, el trovador de la universidad, borracho, pide cantar *Cuba qué linda es Cuba, quien la defiende la quiere más, y un Fidel que vibra en la montaña...* Y en ese instante, al bardo le viene una arqueada y casi le vomita encima a Elena Burke, y puso en el suelo la guitarra que abrazaba, y fue corriendo al cagadero colectivo y a su cuarto. El gordo Godofredo lo sigue, y el trovador está acostado en su litera, roncando como un bendito, vestido y calzado, y el gordo le abre la portañuela, se sienta en el piso y le da un *concierto* a la picha muerta de alcohol, y se la agarra por la base para estirarla, y le acaricia los huevos y se los chupa, y así estaba al entrar dos estudiantes cubanos: enviciado, rojo, sudoroso, con cara de éxito por habérsela puesto saraza a su compañero trovador.

Leyland

Qué despertar horrible, Rafa, qué despertar inimaginable. Matías se había ido de vacaciones a Hungría sin despedirse de ti, no se habían visto desde el empujón en el albergue durante la descarga de Elena Burke, *duele sentirse tan solo, saber que llegó el fin de todos tus besos* (no se volverían a ver jamás), y el ambiente en los dormitorios y las aulas donde hay cubanos se había tornado opresivo. El gordo Godofredo había estado preso en la embajada cubana en Moscú y había sido devuelto a Cuba, acusado de inmoralidad por su trabajosa mamada de borrachera. Y se anunció un próximo apocalipsis de asambleas catárticas y consiguientes *mea culpa*, y los becados especulaban acerca de quiénes serían expulsados, susurrando nombres y apellidos en los pasillos, en el comedor y en los baños. Qué despertar horrible, Rafa, impensable ni siquiera para un cubano enamorado de un húngaro. Una linterna te alumbra el rostro sorprendido, dos desconocidos se identifican como funcionarios de la embajada cubana que vienen a buscarte, «no preguntes nada, te lo explicaremos, tienes que acompañarnos. Te digo que no preguntes». Despiertas al checo halándole un pie y le aseguras no saber qué sucede y le pides que se lo informe al jefe del colectivo. Y te llevan del brazo a la residencia del embajador cubano (donde vivió Beria, el tenebroso jefe del KGB), y en la oficina te esperaba Quintero, el responsable de los becados cubanos en la Unión Soviética. Godofredo te había acusado de maricón: «Yo no soy el único homosexual en este colectivo, si me botan a mí tendrán que botar a unos cuantos tapiñados». Y te asedió el del Partido, el de la Juventud Comunista recién nacida y cuatro oficiales de la Seguridad del Estado. Y estabas tan deprimido por la ausencia de tu húngaro y su partida sin adiós, y te hostigaron con tantos gritos y amenazas que acabaste de asumir lo que nadie hubiera podido probar y parecía imposible entre un uraloaltaico y un caribeño, «sí, sí, deme acá, firmo ese papel y mándenme para Cuba, para el infierno, para dondequiera, y ahora déjenme dormir unas horas. Por favor, déjenme dormir unas horas, no soporto esto, por favor se los pido».

Rafa llega a Cuba demolido. El carro de la Seguridad lo recoge en el aeropuerto y lo lleva a su casa. Y el oficial: «Espere telegrama para que se entere dónde tiene que presentarse sin excusa ni pretexto, sabe lo que quiero decir, ¿no?». Debido a protestas internacionales se estaban reorganizando las Unidades Militares de Ayuda a la Producción y se mejoran las condiciones de vida en los campos que concentran a los pecadores del credo totalitario. Rafa piensa que con el apoyo de su familia puede evitar ir a uno de esos campamentos en Camagüey, de los cuales ha oído hablar, y espera consuelo y comprensión de sus familiares, y solo lo reciben unos brazos fríos y llanto contenido. Y el padre de Rafa: «Esto es lo mejor que puede haberte pasado, a ver si te acabas de formar como hombre, eres un inmaduro, ¿por qué tenías que andar de arriba para abajo con el húngaro ese?». Y la madre de Rafa: «¿Por qué lo hiciste, mi hijo, por qué?». Y los primos y los tíos y los hermanos de Rafa: «Nos has decepcionado, nunca hubiéramos esperado eso de ti». Y los vecinos: «Son las cosas de la vida, muchacho, no te preocupes, podrás estudiar otra carrera, este es tu país y no tenemos ese clima que te enfermó, ahora, a seguir *palante*».

De manera que Rafa interiorizó ser merecedor del castigo, de la prisión y del trabajo forzado en los campos de caña de Camagüey, y hasta de un pelotón de fusilamiento, pero «como la Revolución es buena y sabe perdonar, ha dispuesto para mí una lección de fortaleza ideológica y moral, eso no quita que sea un gran culpable y un pecador que ha transgredido los decretos más justos de la Tierra, y he cometido el crimen de aceptar descaradamente lo que soy, y lo que soy es degradante y malo para mi patria, y punible, aunque sea lo que soy». Y se presentó en la unidad militar, cuya dirección el padre de Rafa le consiguió, a solicitar que lo acabaran de enviar a Camagüey, «¿por qué no lo han hecho, capitán?, quiero manifestarle mi deseo de incorporarme de inmediato a las tareas de la zafra azucarera». Y el capitán: «Espere un poco, el mes próximo se va».

Y mi amigo Rafa, que iba a ser físico nuclear, tuvo que subirse a un tren con siete vagones repletos de locas, en dirección a unos campamentos situados alrededor del central Vertientes. «Maruca, pásame el *vánite* que tengo la nariz sudada; Lisa, *darling*, préstame el creyón rojo que este *voyage* me ha descompuesto mis matices naturales; Carmela, ¿trajiste el lápiz de cejas?; ¡Ay, Marita!, canta algo *please...*». El tren pitó entrando al pueblo de Florida y los viajeros en la estación y los que veían los siete vagones desde los portales de sus casas, desde las aceras, los balcones y las calles, creyeron que había llegado un convoy de locos de Mazorra, por los arrumacos, gritos y la mímica mariconeril de aquellos pájaros recogidos en La Rampa, expulsados de sus trabajos o sentenciados por convicción visual en los tribunales de La Habana.

Benigno y la Coppelia, que llevaban meses en la UMAP, fueron al patio del campamento a identificar a los recién llegados, «siempre llegaban locas conocidas». Y vieron cómo Rafa era destinado a las naves de los homosexuales, «coge el uniforme y ve hacia allá» (ay, ese uniforme gris, cuando me acuerdo), y se solidarizaron con el que sería uno de mis mejores amigos, cambia-esa-cara-niña-por-favor-que-la-cosa-está-buenísima-vas-a-ver-por-la-noche-cómo-se-ponen-esos-baños-del-fondo. Había una litera vacía junto a la de Benigno y la Coppelia, y Rafa ocupó la cama de abajo mientras la de arriba la ocupó una tal Maruca. Y la Coppelia: «Desde el inicio esta Revolución fue una mierda, me tragué el anzuelo del idealismo como muchos comemierdas, y les aseguro que este comunismo se muere, acuérdense que se los dije, este comunismo nació muerto antes de todos los siglos de los siglos».

Durante la noche había grandes recitales de émulas de Libertad Lamarque, Olga Guillot y Rosita Fornés, y cupletistas que actuaban usando velos y mantillas traídos clandestinamente, y a los guardias había que cambiarlos cada mes, pues los descubrían bugarroneando a las locas en las duchas del campamento, de madrugada. Y los sustitutos, guajirones rubios y trigueños y mulatos y negros (¡qué-variedad-me-encantan-aquí-sí-que-no-hay-pinga-maricona!) se enviciaban, y también los descubrían bugarrroneando y se los llevaban presos (¿ay, por qué, se los llevan, Señor?), y los reemplazantes de los reemplazantes bugarroneaban en los campos de caña y en las márgenes de un río cercano (entérense, acaban de coger a dos guardias templando, qué escándalo, les han dado una mano de golpes del carajo), y los reemplazaban por reclutas del servicio militar que empezaban a bugarronear o se volvían maricones (ese fue el que me templé en un tacón, no lo mires ahora, no quiero lío). Y Lulú, al correrse la bola de que la reina de Inglaterra iba a cambiar guaguas inglesas por maricones cubanos, hizo una versión de un éxito musical del momento cantado por Rita Pavone y la estrenó encaramada en su litera: *Todas, todas de pie, esperando en el puerto, a que lleguen las Leylands y las traigan para acá, todas, todas de pie, esperando sin tregua, a que lleguen las Leylands por las que nos cambiarán, el servicio militar y la UMAP continuarán, pero quedará el ambiente, este ambiente del ¡¡¡síí!!!, y aunque los pantalones no nos dejen estrechar, maibellini y maquillaje nunca vamos a dejar.*

Los varones se acercaban a disfrutar del *show* de Lulú. Eran reos de la Ley del Vago, desertores del servicio militar, jefes corruptos, el inmanente subproducto del socialismo que contradictoriamente se consideraba aborrecible. Y en unas barracas había sacerdotes y seminaristas católicos y protestantes, batiblancos, miembros de los testigos de Jehová, adventistas, pentecostales y de unas sectas extrañísimas. Y se recogía caña según la inspiración del jefe de batallón (ese-es-entendido-igualito-al-que-quitaron-por-entendido) y a las dos de la madrugada: «¡Arriba, *pal* campo, arriba!». Y con las puntas de sus bayonetas, los guardias cortaban los amarres de cordel en los mosquiteros, le quitaban las sábanas de arriba a los reclusos y amenazaban a los remolones, y a punta de bayonetas, alumbrados por faroles de tractor, los presos tenían que sembrar o recoger la caña que molería el central Vertientes. Y el sistema de rehabilitación incluía ver los noticieros nacionales de radio y televisión, y por los altavoces del campamento escuchar *La Internacional*, los discursos de líderes nacionales y provinciales, y arengas que repetirían con pasión. Además de una emulación interna entre los maricones, para escoger al más productivo y al más rezagado. Y descubrían a dos haciéndose las pajas en las barracas de los machos y los trasladaban a ambos, en medio de rechiflas, hacia los barracones de las locas donde se convertían en «compromiso». O uno se templaba un pájaro y corría similar suerte, y los domingos se trabajaba hasta el mediodía, y por la tarde la orden era limpiar y embellecer el campamento, y de noche, si el agotamiento por el trabajo o por el *logro* lo permitía, mis amigos cautivos en las Unidades Militares de Ayuda a la Producción se contaban sus historias de litera a litera, «hablen en un tacón, muchachitas, bajito, que nadie se puede imaginar cuál de nosotras está con la oreja parada trabajando para esos hijos de puta de su buena madre *comuñanga*, y por lo demás no se preocupen, que el comunismo se muere, se muere de lo que no hay remedio, el comunismo nació muerto antes de todos los siglos de los siglos».

La Coppelia había coincidido en su aula de preuniversitario con integrantes de la Asociación de Jóvenes Rebeldes que tenían en permanente hostigamiento a un grupo de liquidación del bachillerato, acusado de rezagos burgueses. En el año sesenta y tres la Asociación se convirtió en Unión de Jóvenes Comunistas y movilizó a los estudiantes a una reunión urgente en el aula del Instituto de La Habana, y una miliciana, con una pinta de tortillera que se le veía a mil leguas, se para en el estrado y convoca: «Esta escuela, estas aulas, estos libros, estas libretas, estos lápices, estas gomas de borrar, ¿PARA QUIÉNES SON? ¡¡PARA LOS REVOLUCIONARIOS!!». Y gritan: Sí, síí. «Vamos a eliminar de los institutos a los gusanos, a los bitongos y blandengues, vamos a eliminar a los desviados sexuales, a los Testigos de Jehová por no creer en la patria y en la Revolución, vamos a eliminar a los miembros de esas sectas porque representan atraso ideológico, inmadurez política y sus principios son opuestos a los del pueblo cubano, vamos a eliminar de estas aulas a los oscurantistas. Vamos, vamos…». ¡¡Sí, síí!! Se organiza una comisión secreta y el día entero los maricones del Instituto estábamos en un tacón esperando a que nos citaran a la oficina de la dirección para que la miliciana tortillera nos botara, pregúntenle a Carmela, a Sarita o a Madelaine. Y se rumora que el listado está terminado, y un pepillo que se vestía y se peinaba a lo Elvis Presley, es el primero a quien la miliciana le niega la carrera de arquitectura y hace que se lo lleve el servicio militar. Y la Coppelia, que deseaba entrar en la universidad, está muy contenida de plumas y es ignorada por la miliciana que determinaba los destinos del estudiantado.

La Coppelia pudo matricular Artes y Letras y se becó, puesto que en los becados maduraría el fruto perfecto de la Revolución. Y entabla amistad con Mario, estudiante de psicología, y desayunan y comen juntos en el comedor del edificio de becados, y le recomienda lecturas (tienes que leerte a Lezama), y una noche fueron juntos a El Gato Tuerto, donde Virgilio centralizaba tertulias, y al Johnny's 88 donde se amanecía bailando y cantando. Y la funeraria Caballero es pintada de amarillo, rojo y verde y convertida en una galería de arte dirigida por Loló Soldevilla (le-dicen-La-Pajarera-es-divina-esa-galería), y en la cafetería vendían té, limonada y tostadas con mantequilla, y se conversaba sobre el teatro de la crueldad y el teatro del absurdo, y acerca de los dos o tres repuntes de esas corrientes que ciertos dramaturgos habían podido estrenar en La Habana. Y Mario y la Coppelia van a la inauguración de la heladería con nombre de ballet, y prueban sus cincuenta y cinco sabores por la madrugada (ay, este *pistacchio* es la vida, me lo tomo en un tacón), y Mario prefiere el soldado de chocolate, y frecuentan Coppelia que, con la influencia de los *hippies* de El Cerro, se transforma en la mata del flete y el helado. Y hay que portar identificación, aunque todavía no se ha instituido el carné de identidad, hay que darle el nombre al policía y explicar cómo se gana uno la vida, dónde lo hace y desde cuándo, y Madelaine resuelve esa nueva exigencia del socialismo en su mesa de dibujo, falsificando identificaciones con su plantilla y su *centropen*. Comenzó imitando la nomenclatura de las instituciones docentes: Universidad de La Habana, Facultad de Ciencias. «Eso de Facultad de Humanidades huele a pluma», nos explicó, «y no conviene». Y lo piensa mejor e incluye «Humanidades» en los diseños de los carnés que nos salvaban de las recogidas de maricones, qué va a saber el guardia lo que es Facultad de Humanidades, seguro cree que es donde se estudia a la humanidad y al comunismo que es tan humano. Y la diseñadora realiza series completas encabezadas por Empresa Consolidada de la Electricidad (la corriente, los cables y las pinzas están en el tacón de la virilidad, ¿eh Madelaine?), Empresa de Ómnibus Nacionales y Empresa de Construcción y Montaje, timón, corriente y sudor, «las locas te arrebatan de la mano esos carnés 'recreados', Madelaine, eres divina, soberbia».

Mario y la Coppelia, a la entrada del hotel Capri, se unen a un grupo de entendidos y locas que conversan con Juana Bacallao. De pronto, dos autos rodean al grupo y hombres vestidos de civil salidos nadie sabe de dónde colocan vallas de tránsito salidas nadie sabe de dónde, por ambas bocacalles, de manera que nadie puede escapar. Y la gente empieza a enseñar sus carnés dibujados por Madelaine y Juana Bacallao es un trozo de carbón inquieto en minifalda, chaqueta de lamé dorado, botines y medias negros y un peluquín de espeldrún. Y los agentes del orden comparan las fotos de los carnés con el rostro de sus portadores y no creen que las locas fueran albañiles, electricistas o plomeros, «esto huele raro, arriba, monten». Y el carboncito dorado que es Juana Bacallao: «Ay, ¿y por qué las recogen si ellas no están haciendo nada?, si son de lo mejor que hay en el mundo». Y el que dirigía la operación: «¿Y usted quién es?», «¿Usted no me conoce? Yo soy Juana Bacallao: cantante, bailarina, actriz, *vedette* completa, ¿cómo usted no me va a conocer?», «No la conozco. Deme acá su carné de identidad o de trabajadora y esté tranquila, podemos cargar con usted también». Juana muestra su carné del sindicato de artistas, aclarando: «¿Ve?, compañero, estoy *singalizada* y todo, ¡cómo no!». Y levantando su cabeza, cambia de opinión y grita: «¡Llévenselas, llévenselas, llévense a estas locas, que son malísimas, llévenselas!».

Y se pone caliente la escuela de Letras de la universidad, porque a un mejicano estudiante de hispánica lo habían descubierto dándole un *concierto* a Maruca, de lengua inglesa. Y a Maruca la envían para la UMAP y al mejicano para suelo azteca. Y hay una fiesta donde Mario se emborracha y la Coppelia lo sube a su cuarto del piso veinte en el edificio de becados, y no hay un alma por allí, y lo desnuda y lo acuesta y lo mima, y no puede contenerse y le besa la cara y los brazos y hasta lo mece. Pero Mario estaba demasiado borracho, así que la Coppelia, muy deprimida, se jura no volver a hablarle jamás. Y Mario: «¿Y qué te pasa?, ¿te he hecho algo?». Y la gente: «Eh, ¿y a ti qué te pasa?». Y la Coppelia: «Me puse tan mal, tan mal, tan mal, que lo llamé, ya lo sabes, Mario, te acosté y te besé y no puedo seguir siendo tu amigo porque estoy enamorado de ti». Y Mario, mirando hacia los lados: «Te callas la boca, tú no me has dicho nada ni yo he oído nada». Y la Coppelia buscaba un pretexto para no verlo, ni irse a bañar con él. Y Mario: «Oye, deja esa bobería, no ha pasado nada, te lo dije». Y la Coppelia, de la vergüenza, no podía ni mirarle ni hablarle.

A mediados de los años setenta, la Coppelia se topó con Mario a la salida del cine Payret, y van juntos a celebrar el encuentro al bar paredaño y recuerdan la odisea universitaria de ambos, «oye, dime una cosa, ¿todavía tú sientes lo que sentías por mí?». «Pues sí claro, contesté con una pena, en un tacón, sí, claro, no vayas a pensar que sigo enamorado, me sigues gustando». «¿Y quieres que lo hagamos?». «¿Cómo?, casi me caigo de la butaca del bar, Emilito, qué pena tenía, estaba en un tacón. Lo llevé a casa de un pájaro viejo que alquilaba, por la calle Carlos III, y ni se me paró del nerviosismo. El pájaro cierra la puerta por fuera, para que los clientes no se le vayan sin pagar, es obsesivo y piensa que le van a robar. Había que esperar a que llegara y abriera para poder salir; y estando a la espera, nos calentamos de nuevo y ahí sí gocé, ese segundo palo sí que fue en un tacón, no se me olvidará por los siglos de los siglos».

Y la universidad entera se enciende cuando botan al presidente de la Federación de Estudiantes, porque un compañero de aula declaró haberlo visto a las puertas de la iglesia presbiteriana, y el muchacho fue y se tragó cinco paquetes de pastillas que por poco lo matan. Y la Federación convoca a un mitin frente a una

tarima levantada en la Plaza Cadenas, y la tortillera que estudiaba
con nosotros en el preuniversitario, por el micrófono: «Pedro
Ramírez Díaz expulsado por mantener actitudes y relaciones
contrarrevolucionarias, ¿la masa está de acuerdo con esta deci-
sión?» ¡Sí, sí, síííí!, responde la masa levantando los brazos. Y la
tortillera arremete: «Margarita Pérez queda expulsada de la universidad de los revolucionarios por ser oscurantista (le habían
revisado la taquilla del albergue y le habían encontrado un collar
de cuentecitas blancas alegórico a la Virgen de la Merced, tuvo
que irse en un tacón), ¿la masa está de acuerdo?». ¡Sí, sí, síííí!

O era que le habían endosado los cuatro jinetes de la excomunión a un solo estudiante y no le preguntaban a la masa. Y
Carmela, que estudiaba farmacia, padece de una psoriasis que
le revienta las palmas de las manos y las plantas de los pies, y
cada vez que citan a las asambleas de excomunión ella se
sienta en uno de los quicios de la Plaza Cadenas y se quita las
medias y los zapatos y se rasca violentamente los pies agrieta-
dos por la psoriasis, «¡ay coño, no puedo caminar, miren cómo
me he sacado sangre!». Y para el oído, rascándose su psoriasis
y temblando: «Oye, dime, ¿a quién están botando?». Y se le
abren nuevas grietas en los pies, y la gente: «Oye, agua, pa'
esos pies». De noche, Carmela tiene que cuidarse de que no la
vean saludando a un pájaro por la calle, y toma antidepresivos
y ansiolíticos que la vuelven intransigente, exaltada y conver-
sadora, o medio lela. Y el profesor de marxismo, integrante
del núcleo del Partido, le suspende un examen por confundir
la noción de materia y de idea (imagínense, estaba borracha
con el diazepam), y el profesor de economía política, que quería militar en las filas del glorioso Partido, le poncha su examen
porque Carmela afirmó que la planificación no elevaba el nivel
de vida del pueblo. Una suerte extraterrestre, además de la mayoría de los santos, tenían que acompañar al alumnado de maricones, a quienes se exigía el cuádruple de perfeccionismo en sus
exámenes. Y en esa angustia estuvo Carmela y el resto de los
pájaros universitarios medio tapados, hasta que la tortillera miliciana botó a Felipe Luis Ordoñez (¡sí, sí, síííí!), «quien es gusano,
sectario, homosexual y oscurantista». Y el muchacho se tiró por

un balcón del edificio de becados de la calle G, y una dependen-
cia de la ONU que colaboraba con la Universidad de La Habana
protestó y amenazó con retirar su ayuda, si no se suspendían las
excomuniones de los estudiantes.

La Coppelia volvió al Capri, pero esa vez Mario no estaba con
ella para explicarle a la policía que Juana Bacallao estaba loca y
que ellos eran estudiantes universitarios y habían pasado de casualidad por el lugar, «ese viaje, sí me recogieron y me mandaron
para acá, sin embargo, acuérdense que se los digo, el comunismo
tiene sus días contados porque nació muerto antes de todos los
siglos de los siglos». Y ese día, nos contó Rafa, en el campamento
a la Coppelia le dio como una cosa, y se tira de la litera y abre su
mochila y extrae una hoja de papel sanitario escrita, y avanza por
el centro del pasillo, entre la hilera de camas del barracón de maricones, por donde mismo la arrastrarían los guardias minutos
después, gritando: «¡Hermanas de fe!, proclamemos Su Desaparición, rezando juntas el Credo: Creo en el Marxismo Todopo-
deroso, Señor y Dador de Vida, que procede de la Única Verdad
Posible, y que con Lenin y Mao recibe una misma adoración y
gloria. Creo en la lucha de clases y en la liberación del oprimido,
en la Revolución Mundial y en el pecado de lo desemejante. Creo
en una Sola Idea, Santa, Universal y Apostólica. Esperemos su
muerte definitiva en un tiempo futuro. Amén».

⚤

*¿Qué te parece este tronco de gitana? Esta foto me la tiraron en el
trabajo el día de Halloween. La gente dice que soy exacto a mami. Ese,
al lado mío, es un cocinero del restaurante, muy chévere. ¿Viste que cocina? Fíjate en el recipiente blanco que está a sus espaldas. Está lleno de
langostas. Me las robo envueltas en un nylon, en los bolsillos, y las
preparo en casa con mayonesa y limón. Me doy una hartera insoportablemente, y qué cagaleras. Del restaurante de Roberto me llevo lo que me
da la gana, incluidos unos bistecs de filete que no caben en el plato, y
sofritos que le regalo a la portora amiga mía, aficionada a la cocina. Tú
sabes que no puedo con esa embarradera y esa ensuciadera. La invito a*

casa y ella cocina. *Vienen amistades y nos hace su numerito de* strip-tease. *Se ve cómica con las tetas enormes colgándoles y el rabo gordo y largo que se le marca. Ahora anda con un americano, mulato él, feísimo, como son los negros americanos, que le está sacando dinero.*

$\mathscr{T}$e habías ganado un estímulo por tus incomparables notas de cien y noventa y nueve en la escuela de matemáticas. Tuvieron que estimularte y otorgarte el viaje a pesar de las opiniones contrarias y la envidia que habrán permeado la reunión de los «factores» que decidían la estimulación. Podías alquilar una semana en el motel Arenas Blancas de Varadero, con un acompañante. ¿Te acordarás? Varadero, alojamiento de lujo en una de las mansiones burguesas convertidas en moteles, con piscina, comidas y bebidas exclusivas para sus huéspedes estimulados (o no), y baño compartido con la habitación contigua, cuestión que abría oportunidades de *logros*. No podías creerlo, después de haber dormido durante temporadas de verano completas en los bancos del Parque de las ocho mil taquillas, en los portales, en la arena, en el cuchitril de Lola y bajo los pinos de la blanquísima península que adorábamos y nos hacía libres por unos días. No podías creerlo y fuiste corriendo a avisarme. «Era un plan para estudiantes, barato, ¡y es Varadero, Emilito!». «Claro, ¿cuándo nos vamos?, ¿cómo salimos?, ¿cómo llegamos, en tren o guagua?». «Vamos a intentar de madrugada, en guagua y directo, y los baños de la estación interprovincial siempre son *logrables*».

Llegamos a Varadero a las once de la mañana y, como la reservación no era hasta las dos, fuimos al baño de la terminal de ómnibus a cambiarnos y exhibir las trusas que hacías. Te habías iniciado en la *haute couture socialiste* al irrumpir la moda de los pantalones campanas, y te sentabas en la máquina a coser lo que te pidieran los clientes. Éramos playeros, no había trusas y resolviste la carencia. Me hiciste una trusa con dos corbatas que le robé a mi padre. Te hiciste cinco de varios modelos: encubridoras, *cheas*, tentativas y provocadoras que se amarraban con un lazo a la cadera y se podían sacar por una de las patas del pantalón, «arriba, andando, eso lo explicarán en la estación, arriba, andando, andando».

Pepe Luis, el anciano especialista de piel del leprosorio de La Habana, tenía una mansión en Miramar, cerca del Patricio, y una en la calle 13 en Varadero. Al llegar quisiste ir a verlo, para que te curara las fruticas que habían reaparecido en tu culo funesto. Desde que conocimos a Pepe Luis, en los muelles derruidos del Patricio, siempre se había encargado de curar nuestros cuatro jinetes de la promiscuidad para así espantar, temporalmente, al apocalipsis que pesaba sobre nosotros.

Las ladillas fueron las primeras jineteras de nuestros cuerpos en la beca, consecuencia más que de los *logros* de las colchonetas de los albergues, «apriétala, hasta que reviente, Emilito, porque si se queda viva esa ladilla, se te prende a un pelo y pare y nunca se te van a quitar esos bichos, ¡qué asco!».

La ladilla es un insecto anopluro parásito, gris, de paticas inquietas, que hace ¡crash! cuando uno lo revienta entre la punta de la uña y una superficie dura. Si está preñada, la condenada hará ¡crash-crash! al morir, indicando el reventón de sus embriones. Una ladilla paseadora puede descender por el brazo y uno de los dedos, durante los postres de una cena en un restaurante fabuloso como La Torre. Una ladilla puede parir alrededor del ombligo peludo de cualquiera y allí criar sus vástagos y uno descubrirlos un domingo en la playa, delante de la gente, «ay, qué urticaria me ha salido, qué molesto». Y uno puede imaginárselas desperdigándose en todas direcciones, por el bajo vientre hacia el pubis, los huevos y las nalgas, o por el abdomen y el pecho, en vuelo rasante, hasta copar las pestañas y las cejas. Una fuente muy segura de contagio de las ladillas es *lograrse* con un recluta, sin descartar al resto de las castas militares o los asientos de un cine, «¿y cómo las voy a haber cogido en el estadio, Javy?, ¿estás loco?», «oye, te digo que sí, en este país se puede coger lo que sea en cualquier lugar». ¿Recordarás cuánto corríamos por los repartos de La Habana a la captura de una farmacia que tuviera el codiciado Lindano al uno por ciento? «Ay, señora, por favor, localícemelo», le suplicabas a la farmacéutica, «voy adonde sea a buscarlo, mi perra está llena de bichos y mi mamá, que es insoportable, me la quiere botar para la calle, y me da pena con el pobre animal».

Las sílfides son ciertas ninfas del aire que inspiraron a Fokine la coreografía de su ballet romántico, con música de Chopin. La sífilis es una enfermedad venérea causada por un treponema de color pálido, que me tumbaba de sueño en la arena de Santa María, en la Playita de 16, o en los estrenos semanales del cine, los jueves. O en la Cinemateca, un día entre semana, en las guaguas, en mis clases, o en mi casa. El sabroso letargo sifilítico podía atacarme a cualquier hora y en cualquier parte y me ponía a dormir de inmediato. Y Pepe Luis: «¡Cómo no te vas a dormir, si estás en sesenta diles!, es para que te pases el día durmiendo». Y yo: «Me revisé y no me vi manchas ni chancro». «¡No importa, esa es la gran simuladora!, ¿no ves lo que dice la serología? Coge esta receta y ve a ponerte estos doce millones de penicilina enseguida, enseguida, ¿me oíste?». Y era que tú eras alérgico a la penicilina, Javy, o, por lo menos, eso señalaba la prueba subcutánea que te habían hecho para determinarlo, y para curarte la gonorrea en tu culo funesto (¡ay, qué estreñimiento, qué dolor!) hubo que ingresarte en el hospital donde te inyectan un antibiótico nuevo, «una sola inyección y ya, Emilito, y me curé, tú sabes lo que es la cantidad de eritromicina que he tomado, estoy padeciendo de gastritis crónica, y mira tú, Pepe Luis me ha curado con este tratamiento».

Un condiloma es una protuberancia redonda de origen venéreo que puede aparecer en una zona erógena del cuerpo. Un condiloma sin curar se reproduce creando un segundo condiloma y una serie de ellos que, si tampoco se curan, pueden convertirse en ramillete. Y te habías quemado el ojo del culo funesto aplicándote pinceladas de nitrato de plata y te molestaba estar sentado, y habías tenido que detener las desapariciones y aprestarte a *lograr* locas, o a restringirte a los *concierto*s. Sin embargo, la quema química no atrapó la totalidad de los condilomas y uno había continuado reproduciéndose en medio de los pliegues sueltos de tu culo funesto.

Llegamos a hacerle la visita a Pepe Luis en su caserón de la calle 13 de Varadero. Y tú, desesperado, como un saludo: «Las fruticas se inflan, Pepe, como si no me hubiera curado, es insoportable, horrible, me he quemado el culo como cien veces». «Espérense, vengo ahora, acomódense, les voy a poner el televisor». En la sala del médico había diez caracoles bellísimos debajo de la estufa (en Varadero, un hogar, verdad que estos burgueses son insoportables) y agarramos dos Cobos y los metemos en tu mochila, para cambiárselos a los rusos por desodorante o por un pulóver, y vino Pepe Luis trayendo un frasquito de nitrato de plata y unos guantes. Te ordenó bajarte la trusa y ponerte en cuatro patas en el piso de la sala, y con un algodón te aplicó el nitrato en las fruticas, y «no andes por ahí dando el culo, te conozco, no te vuelvo a curar, no estoy para mirar esos pliegues desparramados cada semana, sé mesurado, tú eres un desastre y le abres las patas a Mazzantini el Torero».

Un púber en trusa negra, trigueño y lindo, pasó frente al bulto que éramos tú, los matules y yo tirados en la arena. El muchachito nos miró y brincaste para ir tras él. Vi que caminabas a unos pasos suyos, esperando salvar la playa del hotel Internacional, muy concurrida, para hablarle. Unos cien metros, en DuPont, y los vi conversando y riendo. Por lo que me contaste, calculo que se habrán detenido cerca del sitio en que ahora se alza la casa de los cosmonautas, porque dejé de distinguirlos. Entraron al mar a bañarse y en unos minutos ya enredabas tus piernas entre las del púber trigueño, y ponías unos de tus pies planos sobre la superficie hinchada al centro de la trusa. Y no esperaste, y haciendo gala de tus excelentes pulmones de nadador, te hundiste y fuiste a saciar aquel deseo inflamado y a saciarte en el *concierto* subacuático, y él disfrutó con esos quejidos del niño que era, y apretando sus nalgas lo mantenías pegado a tu boca de Betty Boop, libación desordenada de ventosa que no iba a detener ni la muerte. De momento lo soltaste y le dijiste: «La playa está desierta, vamos para abajo de esa mata». Y él te siguió y se echa bajo la sombra del almendro, y de un tirón le bajaste la trusa y el centro del púber apuntó al cielo y allí te elevó, a lo más intenso y encumbrado de su azul. Respirabas, gruñías, saboreando el cielo de frescura de trece años, y uno de tus brazos alcanzaba a acariciar los vellos apenas brotados en sus muslos (¡qué muslazos, qué muslazos, lo que te cuente es poco!), y tu otro brazo a lo largo del pecho enredaba sus dedos en la maraña de pelos, o rozaba la suavidad de la barbilla, o del cuello, o apretaba una tetilla y querías ser un monstruo con mil bocas de Betty Boop que pudieran hartarse de frescura y besar los pies y el ombligo y el abdomen hundido y cuadriculado, y morder la cintura y enredarte en la flora y la fauna de su aliento irrepetible de trece años. En tu furia, cuando iba a ser expulsada del centro de ambos la savia que da locura, mordiste y arrancaste los vellos púbicos apenas nacidos y engulliste los embadurnados por la aguada preliminar y la savia del chiquillo, y dejaste tu cabeza recostada a su abdomen, contando sus cuadritos salpicados, trastornado por un ser que no podías de ninguna manera devorar. Se incorporaron. «¡Arriba, están presos!». Mientras se subían las trusas, un hombre había salido del manglar cercano, un militar barbudo de unos treinta y cinco años con una pistola a la cintura: «Saquen sus carnés, van presos». Y tú, temblando: «¿Qué pasó?, ¿por qué?». «Los acabo de ver, ¿no te da vergüenza estar pervirtiendo a un muchacho?». «¿Qué usted dice?, ¿en qué usted se basa? ¿En qué usted se basa?». Ah, Javy, eres genial. Y al argüir, vislumbraste dos pequeñas humedades alrededor de la portañuela del guardafronteras, quien dijo: «Bueno, está bien, vete muchacho, y que no te vea por todo esto, vete, vete». «Y tú, dale, vamos», te dijo a ti.

El púber se fue corriendo por la arena húmeda y tú argüías examinando las dos manchitas al final de la cremallera del uniforme, y jadeas avizorando un nuevo ejercicio. Comprobaste tus sospechas de que el hombre se había estado masturbando mirándolos a ustedes, al introducirte su sexo en la boca y notar ese saborcito salado de la savia que da locura, y te arrodillaste bajo el almendro dando tu segundo gran *concierto* de la mañana. «Ya, suelta, ya, me vine ya, ¿eh? Suelta, cojones. ¿Te la tragaste? Piérdete, ¡y que no se te ocurre ni mirarme en la calle, porque te mato, para que lo sepas, te mato!».

A las dos menos cuarto fuimos a la carpeta del motel Arenas Blancas, llenamos los controles, estampamos unas seis firmas por separado y juntas, y nos entregaron la llave. Tomamos la habitación de baño compartido y la revisamos. Los vecinos habían cerrado su puerta con pestillo, te asomaste al pasillo a ver si los atisbabas. «Emilito, pusieron el carrito de la ropa blanca junto a la puerta, vigila, voy a meterle mano, buena falta que nos hace». Y robaste las toallas, sábanas y fundas que iban colocar en los cuartos. Las escondimos en las mochilas, colgamos nuestros trapos gastados en los percheros, nos encasquetamos las pocas trusas que diseñabas para lugares decentes y nos fuimos a disfrutar de Varadero.

Tendidos al sol, por El Caney, vimos que se acercaba Rafa, y extiende su toalla a unos pies de nosotros, y dos pepillos buenísimos pasan acompañando a una pareja de canadienses, y Rafa, tú y yo nos deleitamos mirando las pieles tostadas (¡qué muslazos!), y nos miramos los tres y nos reímos. Y yo: «Ven para acá, ¿de dónde eres?». Y Rafa: «De La Habana». «Igual que nosotros», dije. «Mentira, esta es guajira», dijo Javy. Rafa nos cuenta que está hospedado en Cabañas del Sol, que están llenas de canadienses, y los pepillos se creen que yo también lo soy, se regalan por unos chicles, es increíble (son insoportables), y nos bañamos juntos y volvíamos a tendernos en la arena y le corrimos máquina a un negro (*caneidan*, ¿no?, *caneidan*) hablando en francés, y el negro nos hizo señas de que esperáramos, que él iba a buscar otros negros. Y nos levantamos y fuimos hacia DuPont, en dirección contraria al negro. Después fuimos al Rancho Los Delfines, pegado a la costa: un pinar, y en su centro un claro lleno de mesas y un entarimado con una consola, y había cerveza, y flete en casa de tía, y de mesa a mesa y de mesa a tarima y de tarima a mesa.

Y pusimos un *single* de los Beatles innumerables veces (*I saw a film today, oh boy, The English Army has just won the war*). Y yo: «¡Ay, qué raro, ese disco aquí!, ¿ya los Beatles no están prohibidos?». Y Rafa: «No te extrañe nada, los comunistas para prohibir tienen el uno, si hasta se prohíben a sí mismos. ¿No se acuerdan de la canción *el perico está llorando*? La prohibieron por lo de la zafra frustrada». Y unos *cheos* bugarrones: «¿Hasta cuándo es la música esa, asere?, vamos a poner a Los Van Van». Y de pronto, distingo a mi amigo Gabito recostado a la barra del bar susurrándole algo a un hombre vestido con guayabera y cuya pistola le abultaba la cintura. Y el hombre se marcha en la dirección indicada por mi amigo de la niñez. Y yo: «¡Coño!, ¿ustedes saben una cosa?, ¡acabo de ver a un amigo de mi pueblo chivateando!». «No te extrañe, los maricones son insoportables». Gabito viene a saludarnos y le pregunto por Lázara y Mari Blanca. «Se cansó de la tortilla, bueno, tú lo sabes, está con un militar que la atiende muy bien, estoy trabajando en la dulcería del pueblo y hago entre cincuenta y cien pesos al día, yo cobro los dulces y las órdenes de pago de las empresas, las cojo y las reporto como si fueran de clientes particulares, vendo en combinación con el dulcero y no aparece el vale y hay una demanda tremenda de *cakes* por el Día de las Madres. ¿Cuándo vas a ir por el pueblo, Emilito?». «Probablemente, de aquí siga para allá a pasarme unos días con mami y papi». «No dejes de ir por casa, ando con una recua de pepillos divinos y podemos irnos para Cienfuegos o Trinidad con ellos, tengo dinero, estás de vacaciones hasta septiembre, ¿no?». Gabito se va y me deja turbado, confundido, ¿habrá sido el chivato de la fiesta donde nos prendieron en casa de Mari Blanca y Lázara? Y Javy: «Olvídate de eso, esta es Cuba». Y Rafa: «Dímelo a mí, lo que he pasado no tiene nombre en la historia». Y pedimos cervezas a raudales y fleteamos, y Rafa nos relató su vida, «¡ustedes son amigos de Benigno y la Coppelia, no lo puedo creer!, imagínense que dormíamos en una esquina de la barraca».

Unos días previos a su cumpleaños, Rafa se despidió de sus compañeros de la UMAP y juró que regresaría a ese lugar únicamente muerto, «y mi padre me consiguió la baja porque yo ya había purgado bastante, y empecé mi carrera contrarreloj tratando de terminarla a tiempo para ejercerla, no para retirarme». Y se topa a Carmela en La Rampa: «Rafa, ve a ver a ese abogado, sacó a varios maricones amigos míos de la cárcel y a otros les han permitido estudiar en la universidad, ese viejo tiene una labia del carajo».

Torres, el abogado, estuvo dos años batallando con el caso de Rafa. Presentó cartas en el Ministerio de Educación, en el Tribunal Supremo y en mil oficinas, y nuestro amigo, malogrado físico nuclear, pudo continuar sus estudios de física a secas, y al mes de comenzado el curso, su grupo fue citado para una asamblea de depuración donde expulsan a un muchacho por debilidades ideológicas y por ostentación. El secretario general de los jóvenes comunistas da las explicaciones pertinentes y la charla: hay que combatir los vestigios de la burguesía y cada expresión contraria a los principios y a la moral socialistas, hay que combatir esto y luchar contra eso y no se puede aceptar aquello. Y sigue su educación política mirando intermitentemente su reloj Rolex, las críticas a la Revolución se tienen que hacer desde posiciones revolucionarias (y le da un toquecito al Rolex), los contrarrevolucionarios no tienen voz ni voto en este país que les ha dado todo (y toca el Rolex de nuevo observándolo muy preocupado), los estudiantes son el futuro de la patria y es imposible alcanzar el desarrollo de la conciencia comunista sin una verdadera conciencia de clase, sensibilidad, sencillez (mira de nuevo para el Rolex y murmura malhumorado). Termina su charla, se despide y sale corriendo.

Y en una próxima asamblea botan a una mulata, novia de un colombiano, acusada de ostentación. Y botan a una pepilla que se había quedado dormida en su equipo de estudio analizando *El capital.* Y le dijeron a Rafa: «Estás en el CAP». «¿Estoy dónde?». «En el CAP». «¿Y eso qué es, una Facultad nueva?». «¿CÓMO?, ¿NO SABES LO QUE ES EL CAP?». No, dijo nuestro amigo, apocado. «ES LA COMISIÓN DE ASUNTOS POLÍTICOS. Hemos determinado que, por tu cultura, te hagas responsable de la comisión de historia del CAP».

Rafa nos siguió contando: para subsistir en la universidad cubana del período, los estudiantes debían ser clasificados en una de las siguientes categorías: PTI (Plan de Trabajo Ideológico): Donde te ventilan los trapos sucios, como dijiste tal cosa en tal año en un aula de secundaria básica y debes reconocer tu actitud negativa en el preuniversitario, lo cual constituye un grave error, sin embargo, la Revolución es generosa con los jóvenes que se retractan honestamente, recitas el *mea culpa* y te trasladamos al CAP. Ahí se te da el honor de realizar investigaciones históricas, de participar en ciclos de conferencias o en charlas de luchadores clandestinos en contra de la dictadura de Batista, de altos dirigentes o de intelectuales marxistas, cuyas valoraciones acerca de la lucha del proletariado mundial enriquecen tu acervo político y tu personalidad de revolucionario; PPI (Preparación para el Ingreso): ¡Ah!, el ingreso en la Unión de Jóvenes Comunistas, dulce portal, antesala de la LUZ MAYOR, ejercicio espiritual duradero conducente a LA SABIDURÍA MAESTRA DE LA HISTORIA. El PPI, la catequesis marxista; y UJC (Unión de Jóvenes Comunistas).

Y Rafa estudió su carrera de física a secas, y a las clases asistía pobre, y de noche se vestía con las ropas compradas en Moscú, y en el penúltimo año lo vieron con una *matrioshka* en las manos y lo llamaron a contar por sus inclinaciones prosoviéticas, y en el último curso lo vieron salir de casa de un anticuario en El Vedado, donde había comprado un jarrón, y en el expediente le anotaron inclinaciones prochinas y con tendencia a reunirse en grupos afines, «no sé ni cómo carajo me gradué, fue un milagro, después de tantos años tuvieron que graduarme, ¡cómo coño no iban a graduarme!».

⚥

Ahí estoy abrazando a uno de tus ídolos, la Guillot, ¿ves qué bien está? Es divina. Vino a comer al restaurant y se tiró cuatro fotos conmigo. Esta es la mejor.

Compré un apartamento en un rascacielos del alto del Focsa, en el piso seis. Tiene intercomunicador, cámara de TV y portero. Me cuesta un ojo de la cara y la mitad del otro, está en Lincoln Park, una zona exclusiva de Chicago, tú sabes que me mudé para acá porque me aburrí del cubaneo de Miami. Además, como me lo pronostiqué, la alergia ha cedido casi por completo. La mala noticia es que las han sustituido unas diarreas y unas manchas rarísimas.

Este año pienso trabajar en Nochebuena y Navidad, y casi seguro el fin de año. Total, siempre hay fiesta y estoy aburrido de las mismas pajarerías.

Esas fechas son muy señaladas y Lorenzo se ve obligado a pagarnos doble.
Las propinas son fabulosas. El año pasado me perdí a Yoko Ono, le dejó
un billete de cien dólares a un camarero.

⚣

Javy, ¿por qué sacrificaste la celebración de la Navidad por
unas propinas? Las regalías han estado persiguiéndonos desde
que nacimos, ¿ya no recuerdas cómo redujeron nuestras vidas
aquí? ¿Por qué has caído en la tentación de reducirte la vida por
propia voluntad allá?

$\mathcal{I}$ngresé en la facultad de Filología a estudiar Estudios Cubanos y tú en Matemáticas, Javy, y durante ese año inicial de una carrera difícil, tus notas encanecieron a unos cuantos. Y eres nombrado alumno ayudante y ofreces unos repasos que ganan la admiración del claustro, y uno de los profesores trata de motivarte para la docencia: «No hay contradicción en que quieras investigar y enseñes, a los profesores nos dan tiempo para investigar y estamos obligados a escoger un tema cada dos o tres cursos».

Dedicas el día a estudiar, sales poco y nos vemos los sábados. Y Monchi, tu nuevo amor, te visita de madrugada, y tu madre y tu padrastro lo conocen y le toman afecto. «Emilito, mi hijo es otra persona, estoy fría, Monchi ha cambiado a mi hijo por completo, todavía no lo puedo creer». En la universidad se ven obligados a darte el viaje de estímulo a Varadero y me invitaste porque a Monchi lo habían llamado para el servicio militar. Ese viaje fue la gota que desbordó el tibor de los resentimientos, y alguien fue a verificarte a tu cuadra porque cómo era eso de que un maricón fuera más destacado que el mejor afiliado a la Juventud Comunista del aula, y rebotó el escándalo de los seis maricones y bugarrones que habías metido una madrugada en tu casa, «y de un trigueñito que está metiendo, el muchacho se escapa de la unidad militar y viene a ver a Javier, le hemos informado el caso a un capitán que vive en la cuadra, él va a encargarse del seguimiento requerido por estos problemas». Y el dirigente de la Federación de Estudiantes de la facultad te cita y te echa en cara tu moral incompatible con la de un estudiante revolucionario, deudor perenne de la Revolución, y te sugiere un cambio de carrera.

Te me apareciste a casa llorando, porque no existía nadie a quien recurrir entre cielo y tierra como no fueran tu madre y tus amigos, quienes no podíamos hacer nada por ti, «qué ganas tengo de irme de este país de mierda, Emilito, qué ganas de meterme en una embajada, de irme en una balsa, qué ganas de morirme, Emilito». Te iban a acusar de homosexual usando la temida figura jurídica de convicción visual, y previamente realizarían un escrutinio de tu infancia, de tus actitudes como becado de la Revolución y en el preuniversitario, de tu vida en la cuadra, y le preguntarían a los vecinos y a la negra y al negro *cheo* que no te resiste, y al analfabeto responsable de vigilancia, y al pipirigallo, y así reunirían los elementos necesarios para la innecesaria convicción visual de tu mariconería. Duermes mal, y ni te excita estar junto a Monchi, y la alergia te agarra un mes completo. Y Zoila: «No puedes ir a la universidad de esa manera, mi hijo». Y tú: «¿Quién dice que no?». Y la mayoría de tus compañeros ni te habla (están cagados de miedo, yo los entiendo, hubiera hecho igual), «qué mal me siento, Emilito, esto me tiene al borde de cortarme las venas». «Mi hijo, no puedes ir a la escuela en ese estado», repetía Zoila. «¿Quién dice?», respondías desde la puerta de tu casa.

Hiciste una crisis de depresión y alergia conjuntas, tres días estornudando y con asma, te subió la presión y el médico te certificó reposo. Y te le escapabas a tu madre para asistir a las clases difíciles, y te presentas a los exámenes y obtienes unos cincos que estremecen el tibor de los resentimientos y encanecen a los de tres y cuatro. Y el dirigente de la Federación de Estudiantes te llama a un rincón: «¿No te has buscado el traslado de la facultad, Javier?». «¿Quién dice?, ¡ni lo pienso!». «No digas que no te lo advertimos y no te tratamos de ayudar, a fin de curso vienen las Asambleas de Reafirmación Revolucionaria y tu caso se va a analizar en colectivo. Piénsalo bien y busca traslado, te lo aconsejo de buena fe». Y tú, siempre y cada vez más alto: «¿Quién dice?».

Esa noche te subió la presión a no sé cuánto y hubo que ingresarte en el hospital, porque te bajaba y de pronto te subía, y estornudabas y tenías asma y la presión máxima se te juntaba con la mínima, o se disparaban en direcciones opuestas y pensamos que te nos morías. Tuviste que darte por vencido, Javy, no te quedó remedio. Se salieron con la suya. Eras demasiado brillante y demasiado maricón a la vez. Te trasladaste para la facultad de Economía. Habías optado por la comodidad: una carrera fácil para ti, podías convalidar asignaturas y disponer de tiempo libre. Y retornaste a las casas de tía, te pasabas el día en la Playita de 16 y no querías coser ni pelar a nadie. Se habían salido con la suya.

Y te habías sentado con Monchi en Malecón, la segunda noche de carnavales (no estábamos haciendo nada, Emilito, de verdad, si no, te lo contaba), y vino la policía a recogerlos. Y tú: «¿Usted me quiere explicar por qué me quiere llevar preso?». «En la estación te enteras, dale, ¡sube!». «No me empuje, ¿por qué me empuja?». «¡Qué subas, cojones!», «¡Qué no me da la gana, coño!». Y parece que por lo que habías acumulado (o te habían acumulado), te dio uno de esos ataques de machanguería y te viraste repartiendo golpes, y cuatro policías te doblegaron en el piso, y pudiste con la fuerza de los tipos y te incorporaste gritando: «¡Fascistas, ustedes son unos fascistas, fascistas, fascistas!». Entonces te patearon, los policías te patearon con furia, y caíste en una oscuridad sin resquicios y te llevaron como querían.

Tu conciencia y tu vista nubladas por la pateadura y la sangre, y te sientes mucho menos que un animal o vegetal, y el piso frío, y hay voces lejanas y quejas. Estás en un sótano de la Seguridad, adonde te llevó la inseguridad de los guardias del orden que calificaste de fascistas. No sabes si han transcurrido horas o semanas, y por cada plato de sopa aguada introducido bajo la puerta deduces la muerte de veinticuatro horas, te palpas la humedad del cuerpo, ¿es sudor o sangre?, y te hueles los dedos y saboreas un líquido salado en la cabeza, los ojos y los pies. Continúas tirado en el cemento frío y acude el asma, la coriza y el sentimiento de ser menos que un vegetal. Orinas y defecas en un hueco que has intuido en una esquina de la celda, sin papel ni agua para limpiarte, y te debilita la diarrea, te deja embadurnado de heces, apestando a muerto, a muerte, y te vienen esas viejas ganas de ser polvo, aire, nada. Afuera es julio, adentro hiela y tiemblas, y te colocas en posición fetal encima del cemento congelado, y sientes alivio, estás de nuevo guarecido por el vientre de Zoila, y te duermes.

Los gritos: «Fascistas, ¿no?, ¿estás oyendo a este maricón de mierda?, ¿estás oyendo lo que se ha atrevido a repetir?». Un golpe te tira al piso, siguen las patadas, decenas de ellas, y cientos de gritos: «fascistas, ¿no? Firma esto si quieres que te soltemos. Fírmalo, tu madre lleva horas esperándote». Y un juicio (¿cómo usted lo niega, si este documento está firmado por usted?), una multa por desacato y la prohibición de ir a tomarte un helado a Coppelia y caminar por La Rampa. Y «Emilito, no puedo seguir en esta isla de mierda, Emilito no aguanto esto, Emilito, me voy en lo que sea», y me arrastrabas a la iglesia de Regla, donde le pedías a la Virgen que te sacara de Cuba, y llorabas desmadejado frente al altar. Nunca te había visto implorando, y pusiste tanto de ti y activaste tanto tu fe, o era que tenía que ser, que al fin se cumplió el deseo que te impusieron, y lograste salir de Cuba como asilado de la embajada del Perú.

*G*uille había nacido paralítico de las piernas, trigueño, muy lindo y muy maricón. Era del pueblo San José, pero ni esa lejanía de La Habana, ni el par de palos que usaba como pies, ni lo terribles que estaban las guaguas, ni las recogidas, ni la delincuencia (¿qué me van a robar?, ¿este reloj ruso?), ni absolutamente nada lo retenían los fines de semana en su casa, «primero muerto que quedarme un sábado por la noche en San José, ¡qué va!, ¡primero muerta que desprestigiada!». Y Guille se colocaba sus muletas bajo los sobacos y pedía el último en la cola de la terminal de ómnibus. Y siempre había un pájaro del pueblo, en escapada hacia La Habana también, que lo metía en la cola de la guagua.

Hubo días en que el desespero por viajar, el calor y la demora formaban un aluvión de desenfrenados que se abalanzaba sobre las puertas de la guagua cuando al fin aparecía una, y el pobre pájaro era un reguero de muletas y huesos muertos en la acera. Un viejo o una negra siempre lo ayudaban a pararse, le alcanzaban las muletas y lo montaban en el estribo del vehículo, gritándole al chófer que faltaba un cojo por subir, «por eso no soy racista, a mí las negras me quieren mucho, la verdad, y no me gusta que se hable mal de ellas». Dando muletazos a diestra y siniestra, Guille atravesaba el pasillo rozando portañuelas y pidiendo disculpas, si nadie le ofrecía asiento, en el apiñamiento de gente, de algún modo, lograba alcanzar el fondo del ómnibus, recostaba las muletas a su pecho y se sujetaba del tubo de aluminio. A cada bache de la carretera, Guille se desarmaba y se caía, y una negra compasiva le cedía su asiento. Y el cojo estrenaba Coppelia, a más tardar a las nueve y media de la noche del sábado, y gastaba las puntas de sus muletas en vueltas y vueltas alrededor de la heladería, y en la barra y en las mesas donde saludaba a sus amigos acompañado de tres o cuatro pájaros, y contaba y describía «antier me tiré un *jabao* divino, anoche acabé con un guajiro fabuloso, me eché ayer un rubio villareño de la unidad militar».

Y era que San José estaba plagado de unidades militares y la renga pasaba por las garitas con un cigarro en la mano y les pedía fósforo a los guardias, y en una de ellas permaneció una madrugada y fueron pasando ocho reclutas (ve, compadre, ve, hay un cojo maricón que mama bien y se la traga, compadre, se la traga), y Guille se zampó las ocho savias distintas con el apetito del que va a comer por última vez en su vida, «las había negras, coloradas, blancuzcas, de todo tipo, sabor y olor». «¿Y cómo las veías?» «¡Ay!, fósforos, mi vida, fósforos, hay que registrarlas, no vaya a ser que tengan su problema. Siempre tengo conmigo mi caja de fósforos familiar Chispa, a la mano, de esas grandes, ¿saben cuáles son?, ¿no?, las familiares. Nunca me puede faltar la caja de fósforos Chispa, nunca, primero muerta. Y, por cierto, había una de base ancha que me dio un pingazo que por poco me mata, y descubrí una de cabeza doble». «¿Cómo?». «¡Ay, era el octavo y no sé cómo pude!». «¿Y no te dio asco esa cabeza doble?». «Ya les dije, no le di el *concierto*, como dicen ustedes se la *desaparecí*, si el trigueñon daba la hora. Esa picha tenía una cabeza chiquita y una grande, y las dos las desaparecí. Y qué sensación rara y sabrosa, como un pulpito caliente que se me hubiera colado adentro, ¡divino!».

Javy, Rafa y yo estábamos muy escépticos en relación con el método aplicado por Guille para sus *desapariciones*. No demoró en explicarnos: «Es muy fácil, miren, me viro de espaldas al recluta, y ya la tiene afuera preparada, me viro, como les dije, suelto las muletas y me agarro de la ventana de la garita, me agarro fuerte, me bajo la ropa y me inclino hacia atrás». «¿Y no te caes?». «¡NO LES DIJE QUE ME AGARRO FUERTE DE LA VENTANA!, ¿USTEDES NO ENTIENDEN ESPAÑOL O QUÉ?». Guille es muy irritable cuando se duda de sus posibilidades de *lograrse*. «Y le advierto al recluta, no vayas a moverte muy rápido, si es eso lo que quieres, tenemos que cambiar de posición y acostarnos en el piso, porque ese remeneo, encaramado, me tumba. También le pido que no me la saque sin alcanzarme una de las muletas, ¿me entienden?». «No», contestamos Javy, Rafa y yo. «¡Qué brutos son! Supongan que el recluta me la metió y estoy en la *desaparición*, como dicen ustedes, y me ha estado dando pinga durante media hora. Ya estoy cansado de estar colgando de las ventanas, estoy en el aire, ¿se dan cuenta? Es natural estar cansado, ¿qué se creen ustedes? Bien, si me la saca de momento, me caigo en el piso de la garita, me hago picadillo, ¿entienden? Bueno, cuando acabamos, el guardia va siguiendo mis órdenes: me sostiene con su cintura, despacio, sin sacármela, y nos vamos agachando los dos lentamente a coger las muletas del suelo, voy bajando sentado en los muslones del guajiro (despacio, despacio, ¡despacio, coño, que me caigo!), y él, de cuclillas, estira los brazos y me alcanza una muleta y después la segunda (esos reclutas son fortísimos, les juro que podrían con quince cojas arriba), me suelto de la ventana, me recuesto a la pared, me arreglo el pantalón y completo. A veces, como hacemos esta operación con la pinga dentro de mí, al guardia se le vuelve a parar y se embulla para echarme un segundo palo». ¡NO!, eras tú, Javy, en puro goce imaginativo, «¡sigue, Guille, sigue!». «¡Ay, pues nada!, en ese momento me echa el segundo palo, se demora como un caballo y me deja muerta, derrengada, con los brazos adoloridos y las manos hinchadas». «Eres insoportable, Guille, y para los *concierto*s, ¿cómo haces?». «Los *concierto*s son fáciles y rápidos de hacer, como dice Nitza Villapol en *Cocina al minuto*. Los guardias siempre tienen una banqueta en la garita. La cogen, la acuestan en el piso y encima le colocan una tabla que guardan para estos casos, me sientan arriba y les doy el *concierto*. Lo malo es que quedo un poco virado, pero no me preocupo. El último me ayuda a pararme, me da las muletas y su brazo para apoyarme, y bajo los escalones de la garita como toda una reina, ¡finísimo!».

Guille contaba y detallaba, y se nos olvidó que era el mes de marzo y era el año del Festival de la Juventud y los Estudiantes, y que iban a arreciar las recogidas de maricones en la capital.

Carné. Un pepillo vestido de civil nos mostraba su identificación de la Seguridad y nos pedía las nuestras. Se las dimos. «¿Estudiantes?». Sí, sí, sí (tus síes eran un preludio trémulo, Javy, varias gotas de sudor te corrían por la frente y los pómulos, en medio de aquel marzo fresco prolongado por el invierno). El hombre siguió ojeando nuestros documentos de identidad: «No importa, vamos, ¡los cuatro!». Ni ocurrírsenos correr, ¿qué podía hacerse cuando un desconocido estaba facultado para retener nuestros carnés y leer el número que empezaba con nuestras fechas de nacimiento?, la longaniza de once dígitos más una consecutiva longaniza de cuatro letras y seis dígitos que nos codificaba, en el borde inferior de esa primera hoja del carné de identidad, y que complementaba la cifra que éramos. ¿Qué podía hacerse sino lo de siempre: seguirlo?

Inmersos en los lances militares de Guille no habíamos reparado en el despliegue de policías por los alrededores, estaban recogiendo a cuánta loca estuviera por Coppelia, La Rampa o calles adyacentes. No querían plumas en el centro de la ciudad que iba a acoger a estudiantes de todo el planeta. Subimos al carro-jaula por una escalerita de hierro, «arriba, subiendo, arriba». Y a Guille se le traba una muleta en el escalón (arre, arre, acaba de subir), y viene y lo empuja (¡manda cojones esto!, hasta un cojo maricón, ¡de pinga, asere!), y Guille se tambalea, y tú, Javy, lo sujetas transmitiéndole tu temblor, y el pobre renco al sentir tu miedo: «Deja, Javy, deja, ¡déjame, coño, Emilito me está sujetando!». Y la hilera de pájaros silenciosos sigue subiendo, y acomodo a Guille junto a mí, y la Sol estaba allí hablando por los codos, «recogieron a Palucha, hija de la patria con no sé qué mártir, y les repitió su apellido y de todas formas la recogieron y la sentaron en la cabina del carro-jaula, y Palucha gritó que iba a llamar por teléfono a Celia Sánchez, porque era hija de la patria con el mártir de cuyo apellido estaba orgulloso». Y en el carro-jaula no cabe una pluma más y se hacen chistes nerviosos, y alguien: «¿Cuándo van a recoger a la loca más caliente del país, que se tira a los mejores sementales de la marina, la aviación e infantería?». «El que puede, puede», sentencia una. «Y con lo fea que es», le responden.

Y sube por la escalerita uno de espejuelos oscuros con bastón, y uno de los guardias: «Sube, sube, tú no eres ciego ni un carajo». Y él: «Voy a quejarme a la Organización de Débiles Visuales, ustedes van a ver». Y el oficial: «Eso, sí, y quéjate también a la organización de débiles del culo, ¿eh?, arre pa' dentro, pa' mamar sí no estás ciego, arre, arre». El chófer arrancó. Y nosotros: «Ahora ustedes van a ver cómo nos acusan de escándalo público y nos meten dos años presas, y ustedes van a ver cómo nos acusan de peligrosidad (tú sudabas, callado, sumando todas las posibles acusaciones), imagínense, yo tengo mi peluquería, me van a hacer leña, te lo dije, Ima, que iban a recoger y no debíamos salir hasta que terminara el Festival, ¿sin fletear hasta julio?, ¡oye, no se puede vivir en este país!, yo en cuanto pueda me voy en una lancha, en una plancha de madera, en lo que sea…». La jaula se detiene y escuchamos a Palucha gritar desde la cabina del carro-jaula: «voy a llamar a Celia Sánchez, a mí no se me hace esto, yo soy hija de un mártir con la patria» (será de un mártir de la patria ¿no?; ay, déjala, olvídate de eso, está loca).

A cada rato la jaula se detiene y echa a andar, y cuando suponemos que al fin nos anunciarán nuestro destino, el vehículo arranca de nuevo y volvía a parar dos horas y volvía a arrancar, y estábamos histéricos sin apenas poder respirar, sudorosos, y tú, Javy, temblabas mucho, Guille te acarició un muslo, Rafa te tranquilizó por la cabeza y yo te pellizqué un brazo. Se volvió a parar el carro-jaula, abrieron la puerta de hierro, «arriba, vamos, ya llegaron, vayan bajando despacio de uno en fondo». Estábamos casi al final de un terraplén, en un monte de marabú, nos rodeaban montañas, palmas, ceibas inmensas y una oscuridad que metía miedo. Y el oficial: «Esto va por hoy, óiganlo bien, si los volvemos a pescar por El Vedado o por Prado, van presos por ostentación, aunque estén parados en una esquina hablando mierdas, ¡grábense eso en la memoria!». Nos dio la espalda y se subió en el camión que en un minuto se perdió en la noche.

Nos habían soltado en las afueras de La Habana, cerca de Pinar del Río, donde el Diablo dio las dos voces y nadie lo oyó. Echamos a andar y al desgraciado Guille tuvimos que cargarlo entre dos para poder adelantar camino y regresar a la ciudad, y al ciego lo guio Rafa para que caminara rápido y no fuera a caerse en un bache del terraplén. Y después de varias horas de caminata, al amanecer, vislumbramos una autopista en construcción, y empezamos a cantar, a bailar y a cagarnos en la madre y en la parentela de las locas militares que gozan como unas yeguas con los reclutas que seleccionan, mientras mandan a recoger a las pobres muertas de hambre callejeras, y cruzamos la autopista señalando a la coja y a la ciega para que un chófer se compadeciera y nos diera una botella, o al menos a las dos pobres incapacitadas, y los camiones y las guaguas pasaban de largo, y nos voceaban insultos, ¿quién iba a detenerse a las siete de la mañana a recoger a veinte maricones soñolientos, deprimidos, histéricos y afocantes?

De las tres locas López de la Playita de 16 te tengo una mala noticia. Es acerca de Chany, que aquí siguió siendo la más caliente y fuerte de las tres.

Las tres hermanas son propietarias de un estudio de fotografía, y también tiran fotos en las bodas y las fiestas de quince, y venden los álbumes cheos y carísimos a los festejados. Las tres locas López están peor de insoportables. Han hecho dinero y viven en un apartamento enorme en los altos del edificio del famoso estudio Lop's.

Siempre me invitan a pasar el Día de las Madres con la familia. Yo voy un rato, antes de entrar a mi trabajo. Es un día de buenas propinas y nunca me lo pierdo. Tú te acuerdas de lo divinos que son Isela y López. Yo creo que él fue entendido en su época. Si no, cómo iba a preñar a Isela con dos tortilleras y tres maricones. Esa picha de López tiene que haber sido cuando menos bugarrona ocasional.

Pues Chany había ido el sábado a una fiesta y al regreso parece que recogió un flete de la calle 8 o a saber de dónde. El caso fue que estuvimos esperándolo para sentarnos a almorzar, y nunca llegó. A eso de las tres de la tarde, los López y yo fuimos a ver qué pasaba. Resultó que la puerta del cuarto de Chany no estaba cerrada por dentro, y la cama estaba tendida. López se asomó al gimnasio de las locas, pegó un grito y enseguida avisó para que Isela y las tortilleras no fueran a entrar por nada del mundo. Pero tú sabes cómo son las tortas, y fui con ellas y me asomé a la habitación. No sé por qué se me ocurrió mirar, aún tengo arqueadas y mareos. Nuestro amigo había metido a su logro en el gimnasio para hacer vicio entre los hierros y los aparatos, y su cadáver estaba encima del banco de pron, la barra de las pesas le aplastaba el cuello, la cara, negra, y los ojos abiertos. Como si la posibilidad de morir desnucado por un extraño que ni siquiera le robó, jamás hubiera contado para el pobre Chany.

Rafa te manda saludos, dice que esperes carta suya pronto. Está insoportable con esa gay americana que se echó de compromiso.

Te quiere siempre,

Javy

Mariquita, Cuba no te necesita

Éramos trece maricones en mi grupo de la universidad. La mañana en que nos conocimos, para pasar cuatro años juntos, me senté junto a uno que no hacía más que señalarnos con el índice musitando: «¡Trece!, ¡trece!, ni doce ni catorce, teníamos que ser trece. Esto va a ser una guerra chiquita». Yo iba detallando las trece caras y las trece figuras de varones. Y te conté, Javy: «Los hay flacos, lindos, gordos, y si quitas a los tapaditos que tienen novias, a los diez restantes se les ve de sobra la mariconería, son afocantísimos». «¿Y qué esperabas de la escuela de Letras, Emilito?, ¿peloteros y gladiadores?».

Al fondo del aula donde nos había citado la presidenta de la Federación de Estudiantes de la escuela, a mi derecha, Evelio continuaba contando las cabezas: «Esa de allá, ¿no será una hembra pelada corto?, no, es un varón, ¡ay, qué desgracia, sí, somos trece, trece, no caben dudas de que somos trece!». Y Sonia, la presidenta de la FEU, sentada encima del buró: «Ustedes saben que la inserción laboral de los primerizos se realiza en la producción, ¿no? Les informo que los muchachones están ubicados en una fábrica de mosaicos del reparto Luyanó y las muchachitas trabajarán en la fábrica de galletas de La Estrella, en El Cerro… ¡uuhh!, no hay ninguna. Bien, solo me queda exhortarlos a estar el lunes a las ocho de la mañana en la Plaza Cadenas. Por ser el primer día de trabajo, se les llevará en una guagüita, *ç'est tout*».

Y nos paran a las trece locas de cara a las hileras de prensas manipuladas por los obreros del mosaico. Y el del Partido: «Hoy tenemos el honor de recibir en nuestra fábrica a estos trece estudiantes universitarios, quienes vienen a adquirir experiencia laboral y van a contribuir con su sudor a la construcción del socialismo, codo con codo con la clase obrera». Y él mismo rompe en aplausos. Y el del Sindicato: «¡Bienvenidos!», y el de la Juventud Comunista, un trigueñazo enorme con cuello de toro: «¡Bienvenidos!».

Las trece mariquitas trasladábamos los mosaicos de suásticas verdes (como los de mi casa, Javy, igualitos), fundidos, de la prensa a unas bases de madera donde los apilamos para que el montacargas los recoja y los lleve al almacén. Y es tal el polvo en el ambiente, que traemos gorras, sombreros de yarey o nos amarramos un pañuelo, o un trapo en la cabeza, y a las trece nos ataca la coriza, la faringitis y el catarro, y a Evelio le da fiebre una semana. Y las tres machas del grupo usan unos pantalones cortados para exhibir sus piernas. Y Evelio: «En cuanto se me quite el catarro voy a traer una trusa». Y la negra Roberto, una de las machas (asere, compadre), traba amistad con el jefe del núcleo de la Juventud Comunista, el del cuello de toro, y lo acompaña a merendar (asere, compadre) y a recorrer las naves de la fábrica, y una mañana descubrimos un chupón en el cuello de toro. Y Evelio, a Roberto, alcanzándole un mosaico de suásticas verdes: «¡Vampiresa, te lo pudiste echar!, ¡eres una chupadora de hombres!, ¡bruja!», «SSSSssió, coño, asere, compadre».

En la fábrica trabajaban mosaiqueros rubios, castaños, mulatos, negros, y hay una loca fuerte, Javy, cincuentona, es Patricia, ¡con unos molleros del carajo!, y carga mosaicos, los hace, maneja el montacargas y la respetan, ¡y hay dos *jabaos* blanconazos con unas manazas!, deben *vivir lejísimo*. El proletariado del mosaico trabaja sin camisa, parado frente a la prensa, vertiendo la mezcla de cemento y agua en el molde coloreado de suásticas, y están llenos de polvo, sudorosos, ¡qué buenos están! y con unos tipos de bugarrones del carajo.

Y uno de los trece maricones de la escuela de Letras, Alberto, va a trabajar una mañana intoxicado con una mata de guao, y Carlos Julio no quiso quitarse su camisa y se le abre apilando mosaicos y muestra su pecho hinchado también, y miro a Evelio y le digo: «Oye, estos dos se metieron el fin de semana en un matorral a hacer tortilla, juégatela a que sí, los dos cogieron guao».

Nos alcanzábamos los mosaicos en cadena, y que si el fiato de la Sutherland era superior al de la Caballé, que si la Reina de las Willis de Charín era mejor que la de Aurora, ¡no resisto a Hemingway!, ¡odio a Faulkner!, a Henry Miller no lo aguanto, el Maestro volvió a recibirme ayer... «¿Quién?, ¿Lezama recibe a esa loca epatante?». «Eso repite ella». «Insoportable, esa es una paquetera, no quisiera verme en tu pellejo rodeado de esa cantidad de brujas infundiosas». Y Evelio: «Adoro al kirguizio Aitmatov». ¿A quién?, ¿qué dijo ese?, ¿Aitmatov?... Y gritamos: «¿Realismo socialista? ¡¡ufff!!, ¡qué horror!, ¡espantoso!, horrible, estás loco, qué comemierda eres, uff, uff...». Y Evelio, insistente: «¿Ustedes no han leído su novela *Dzhamiliá*?». ¡NO! «Léanla y luego hablen».

Alcanzándome losas, Alberto me asegura que quiere ser el mejor apilador de mosaicos del grupo, que siempre quiso ser el mejor poeta, el mejor novelista, el mejor cuentista, que fue el mejor machetero de su escuela en la zafra de los 10 millones, «corté caña de noche y madrugada, y al amanecer y después de almorzar» (eres Petra Almaguer II, machetera millonaria, deberías ser condecorada por el Comandante), y no creía que Lezama estuviera recibiendo en su casa a Roberto. Y yo: «Pues mira, se lo creo, es un mulato precioso». Y Roberto repetía, altísimo: «Además, estoy participando en unas tertulias literarias fabulosas, animadas adivinen por quién». Todas detuvimos la cadena de mosaicos: ¿POR QUIÉN? «Por Virgilio». ¡Mentira, no, no, no puede ser! Y nos contó la ordalía de Virgilio (está negado a entrar en trato con la nomenclatura, Javy, vive aterrorizado), y que Lezama, después del Congreso de Educación y Cultura había sido suspendido de los programas de estudio y mantenido en la penumbra.

Por su parte, Alberto estaba visitando la quinta de Juan, un cuarentón mulato, muy culto él, pariente de un mártir de la independencia de la patria, cuya efigie figuraba en el Parque de los cabezones de la colina universitaria. Los tertulianos que leían fragmentos de sus obras en el frondoso patio de Juan eran poetas y escritores de la oficialidad, ahora relegados, y ciertos desconocidos como mi compañero de aula. Y había un fotógrafo ganador de importantes premios en Europa, quien dejaba constancia visual de las reuniones. Virgilio, además de leer en ocasiones especiales fragmentos de sus obras, oficiaba como anfitrión literario. Y Alberto, alcanzándome un mosaico: «Anoche pasé tremenda pena, Emilito, imagínate, Virgilio estuvo diez minutos celebrando un poema mío delante de esos intelectuales, casi no permite que los demás escritores participen, y me insiste para que lea mis poemas y mis cuentos, la obra de un gran talento, repite».

Alberto solo invita a Evelio a la tertulia del patio de Juan. Y Roberto: «¿Qué se pensará esta?, voy a organizar una tertulia en casa de Tallet, el pintor, para que vayas, Emilito, voy a invitar a Virgilio». De manera que los sábados Virgilio acudía al reparto Mantilla, y los miércoles amenizaba la tertulia de Tallet. Y Roberto no cabía más de gozo, pues se habían ido incorporando al encuentro importantes nombres como el de Tulio, ganador de varios concursos de fotografía en Europa. Y Alberto logra que una mujer de la biblioteca central de la universidad le preste libros prohibidos, «ve a verla de parte mía, Emilito, ya devolví *El maestro y Margarita*, que te lo preste, ve a eso de las cinco de la tarde, hay menos gente». Y gritaba, alcanzándome un mosaico: «Emilito, tengo *Archipiélago Gulag*, y en cuanto termine de leerla te la presto». Y Roberto paraba la oreja y preguntaba en un susurro: «¿de dónde esta loca estúpida estará sacando esos libros?, ¡qué suerte tiene la muy condenada!».

Los alumnos del primer año de Letras fuimos invitados al taller literario de la universidad, en el Parque de los cabezones, ese sínodo de próceres en piedra a un costado de la cafetería donde un negro te dejaría encuero una semana después, Javy. Y fuimos al taller a leer nuestros poemas, y luego empieza el debate y se para uno a espetar al que había leído su *Religión en labios de mujer*: ¿Y por qué ese énfasis en el rosado de la mañana? Y otro, mirándonos a las trece de la escuela de Letras: «¿Qué es eso del camino que entra en uno mismo?, ¿y eso del inútil rasgarse de la misma carne?». Y se pone de pie el presidente de la Federación de Estudiantes de la escuela de Física: «¿Y dónde está la poética de la Revolución?, ¿es que ninguno de ustedes, futuros intelectuales, refleja los avatares del proletariado? ¿Y la cubanía, dónde han dejado ustedes lo cubano, lo autóctono? ¿Nadie se ha acordado del obrero o del constructor, esos que hacen posible que hoy estemos aquí y en las aulas?». Y Alberto: «Por supuesto, he aquí un poema que no había leído». Y lee, enarbolando la hoja del *inútil rasgarse de la misma carne*: *Carne que construye piramidales obras, brazos artesanos del mosaico, el sudor y la sangre, obrero simple, obrero llano, obrero lleno, carta de triunfo del pueblo entero*. Todos aplauden estrepitosamente y varios presidentes de la Federación, vicepresidentes y secretarios de la Juventud, jefes de brigada, de equipos y profesores con fachas de mariquitas, agradecen a Alberto su prueba de adhesión al proletariado, a Cuba y a la Revolución, a los dirigentes y al extraordinario futuro del mundo que estaba en las manos de la juventud revolucionaria.

Por esos días, Reinaldo Arenas acababa de cumplir su condena en la cárcel, y Evelio y Tallet le organizan un recibimiento en la cafetería El Patio, de la Catedral, y van los tertulianos de ambas tertulias, «¡ay!, qué de maricones, saldremos presas todas, miren, ahí está Reinaldo, aplaudan, aplaudan, viene para acá, ¡ay!, se ve demacrado, sí, está desencajado, recuerden de dónde viene, por favor». Reinaldo y un amigo habían alquilado una casa en la playa de Boca Ciega, Javy, por la época en que nos prestaron *El mundo alucinante* y lo leímos en la Playita de 16. De noche, los dos amigos fueron a Guanabo y fletearon dos púberes, los llevaron a la casa y estuvieron con ellos. Por la mañana, uno de los dos los amenazó: «Si no me dan cien pesos y ropa, voy a la estación de policía de Guanabo a denunciarlos por corrupción de menores». Y Reinaldo: «Ah, ¿sí?, pues arranca y ve, les voy a contar lo que me has enseñado a hacer en la cama». Y el amigo de Reinaldo: «Oye, ¿no será preferible que le demos el dinero y salgamos de ellos?». «¡NO!, NI UN CENTAVO, ¡NO!, si me lo hubieran pedido con respeto, sí, chantaje NO, tranquilízate, no va a pasar nada, no se van a atrever a denunciarnos». Reinaldo se equivocó completamente: «Nos engañaron, teniente, esos chernas maricones nos engañaron diciéndonos que había una fiesta y jevas[19], llegamos y quisieron obligarnos a estar con ellos y tuvimos que caerles a golpes, estaban borrachos y sacaron marihuana y le echaron pastillas a la cerveza».

Y fue instituida la cátedra militar en las escuelas de la universidad, y el oficial a cargo: «Este es el complemento de la formación de ustedes, alumnos que dedican cuatro horas diarias a la producción de bienes de consumo, para que desarrollen una mentalidad de productores y, además, de defensores del socialismo». Y las trece locas marchamos en fila india y disparamos en el campo de tiro, «ese instructor se parece al pepillo que maneja el montacargas en la mosaiquera, ¡qué va, está cien veces mejor!, no lo creo, ¡fíjate lo que dice este!, ¡ay!, qué va a estar mejor, me quedo con el del montacargas...», y ¡baam!, enfrascado en tanta putería se le va un tiro a Evelio que casi mata a Roberto, «¡asesina, eres una asesina, quieres matarme, eres una envidiosa sin talento para nada, desgraciada, asesina mediocrísima, adoradora del realismo socialista!».

Recibíamos clases de economía política, de ruso y de estética marxista, y un día Sonia, la presidenta de la Federación de Estudiantes de la escuela, entra al aula al final de una conferencia sobre realismo socialista y se sienta encima del buró, como acostumbra, y nos exhorta a participar más en las actividades culturales, políticas y deportivas, «y ustedes, Evelio, Alberto, Emilio y Roberto, se quedan cinco minutos conmigo, ¡*c'est tout*!... Muchachones, están citados en la Rectoría mañana a las ocho». «¿Y eso, Sonia?, ¿qué pasó?, ¿y por qué nosotros cuatro?». «¡Ay, no sé!, vayan y me cuentan, ¿eh?».

Estamos los cuatro sentados en el banco de la Rectoría, cuestionándonos si habíamos escrito algo caliente. Yo no. Yo tampoco. Yo menos. Recuerden que la Seguridad archiva todo lo que se lee en los talleres literarios. ¿Qué pasará?, ¡Dios mío!, ¿qué será? Asere, compadre. Una mujer aparece en la puerta y llama a Alberto, quien demora unos quince minutos en la entrevista, sale llorando y se va corriendo (oye, Alberto, asere, compadre). Le toca a Roberto (mi expediente es el más grueso

[19] Jeva (popular): En Cuba, mujer, novia, pareja. (*N. del E.*)

de los cuatro, asere, es increíble, compadre, no se les ha escapado nada, hasta fotos, es increíble). Y el capitán, detrás del buró: «Usted se dedica a organizar tertulias culturales con escritores y dos o tres intelectuales de pacotilla». «Sí, es cierto, no lo hago yo solo». «Lo sabemos, sabemos muy bien que hay varias tertulias, estamos analizando ese caso, además, ustedes debaten cuestiones políticas». «¡No, no, no!». «Pues sí, y existe el criterio de que usted es homosexual». «¡No, no, eso sí que no!». «Mire, Roberto, lo cierto es que la Revolución siempre ha sido muy generosa con los homosexuales. Por ejemplo, Bola de Nieve viajó por el mundo entero, le permitimos viajar, ya lo ves. ¡Le permitimos viajar, carajo, hasta eso! Escucha. Queremos lanzarles una alerta porque están participando en reuniones no oficiales y eso está prohibido. Para los literatos se crearon los talleres literarios, acudan a ellos. Las tertulias se van del debate cultural y se tocan ciertos asuntos que no les incumben. Fírmame este compromiso de no participar en esa reunión ni en ninguna fuera de las establecidas».

Llaman a Evelio y el capitán le advierte que deje de manipular a los autores del realismo socialista: «No creo que, a usted Evelio, le guste realmente el escritor Aitmatov, usted lo que está propiciando una valoración para la cual no está preparado, ¡esto ha sido orquestado para desprestigiar la literatura soviética y no lo vamos a permitir de ninguna manera!». Y a mí: «Usted no vuelva a ir por Mantilla, ni por ninguna tertulia de esas. Usted se queda dormido, ¿para qué va?, ¿eh?, y con lo malas que están las guaguas». Más adelante, el militar ordenó a Alberto dejar de ver a Virgilio, «¡inmediatamente, la graduación de ustedes cuatro está sujeta a cómo se comporten a partir de hoy!». Y mi compañero sigue frecuentándolo. Y Virgilio: «Esto es lo último que podían hacerme los comunistas, ¡lo último!». Y se encerró en su apartamento por el resto de sus días. Y en la esquina de la escuela, Roberto le escupe la cara a Alberto (¡segurosa, traidora!) y se entran a golpes. Y Evelio no me dirige la palabra, me ha tildado de informante, y yo estoy seguro de que el chivato es él.

Un día voy a visitar a Alberto y no está, y cuando salgo del portal veo un *jeep* militar del cual se baja mi compañero, «¡ay, Emilito, estoy horrorizado!, esta gente me ha querido captar para que trabaje para ellos, por supuesto que no acepté, ¿por qué me miras así?, ¿vas a andar creyendo lo que dice por ahí la negra esa?». Y la bibliotecaria de la escuela de Letras es expulsada bajo cargo de agente de la CIA, y seguimos firmando compromisos de ser mejores estudiantes, de ir a trabajar donde la Revolución nos necesite, de producir y participar al máximo, y nos comprometíamos con el Partido, con la Juventud y con la Federación de Estudiantes a asistir a los actos políticos, firmemos, firmemos el compromiso, asere, compadre. Y años después, en el ochenta, mientras esperaba mi salida de Cuba en Isla de Pinos, viajo a La Habana por un fin de semana y estoy fleteando un pepillo precioso por la acera de La Rampa, y se acerca una turba gritando y portando cartelones, y distingo a Roberto al frente, con la cabeza baja, embarrado de huevos, de basura, sofocado por el odio y con un letrero de letras rojas colgando del pecho: MARIQUITA, CUBA NO TE NECESITA.

Finalmente, nos graduamos las trece en Licenciatura Hispánica, especialidad Estudios Cubanos. Nos graduamos, a pesar de las plumas, los escupitajos y las tertulias prohibidas, y nos ubican a trabajar en turismo, y el jefe nos recibe a las trece: «Dentro de los rápidos planes de desarrollo del país está el del turismo cultural, y ustedes, los jóvenes graduados, están hoy aquí para comprometerse a trabajar por la patria». Y hago una lectura diferente de esos ojos pardos que nos están recorriendo a las trece: «No sé qué va a ser del turismo en Cuba si empiezan a llenarnos el área de maricones, estos no deben ni pertenecer a la Juventud ni a nada, mira a ese cómo se para y este cómo habla y ese cómo cruza las piernas, y el que se cree escritor y uno que mira con aires de condesa y el que repite asere, compadre, tapadito, esos son los peores». Y nos lee un reglamento extensísimo: «Memorícenlo, cópienlo, aprándanselo, para evitar problemas, no pueden tener vínculos estrechos con los turistas. Si les regalan un bolígrafo, un chicle, lo que sea, debe ser entregado inmediatamente, ¡inmediatamente!, al responsable de la Seguridad en donde estén, y deben mantener una presencia impecable y buenos modales, y resaltar las bellezas naturales del país, y la obra de la Revolución, en específico las escuelas y los hospitales».

No había un solo maricón entre la masa de guías. Hago un viaje de entrenamiento y la guagua se detiene frente a la iglesia del Sagrado Corazón, en la calle Reina. Y la guía, señalando el pórtico: «Fíjense en la belleza de esta maravillosa catedral gótica». Y un turista me comenta: «¿Y en Cuba había gótico antes de ser descubierta?». Continuamos el recorrido por Miramar. Y la guía: «¿Ven?, este es el reparto de la burguesía, ahora está habitado por becados». Y una mujer: «¿Y qué quiere decir eso de diplotiendas?». Y la guía: «Se llaman así porque venden variados artículos». Y un matrimonio pregunta si en Cuba se conoce el cine de Godard y la guía parada en el pasillo del ómnibus le pregunta al chófer: «Cheo, ¿tú sabes si hay un cine Godard en La Habana?». Y el chófer: «Sí, por La Lisa hay uno que se llama así».

Los días en que no sale excursión hay que pasarlos en una oficinita de Cubatur. Y Evelio: «Menos mal, una siempre está de viaje, sino ¿quién nos aguanta a las trece encerradas?». Y aprovecho el tiempo escribiendo poemas, y Alberto termina un cuento y me lo da a leer, y Roberto entabla amistad con los guías *cheos*, asere, compadre. Y viajo a Cienfuegos practicando como jefe de tripulación, y al partir, el jefe me recalca que debo informar a la Seguridad del lugar donde estemos, cualquier paso raro del chófer o de la automoza, los comentarios de los turistas, lo que sea, «lo que te llame la atención tienes que informarlo». Y Evelio me dice que las automozas tienen que dar razón de nosotros, por lo cual las trece suponemos que los chóferes deberán hacer lo mismo con respecto a nosotros y a las automozas. Y Alberto: «¡Ay, los nervios no me dan más, voy para la consulta de psiquiatría!». Y Evelio: «Estos chóferes de turismo huelen a macho, huele, huele a ese que viene, mira cómo huele, qué rico huele este, huele, huele».

El ómnibus sale de los jardines del hotel Nacional y al timón va sentado un trigueñazo que no cabe en el asiento, ¡con un olor,

Javy, se ve que *vive lejísimo*! Se está templando a Lupita, una millonaria mexicana, y la automoza anuncia que se han acabado los cigarros y se los roba y los vende en la calle, y hay un dirigente sindical mexicano que admira el cielo cubano, la libertad cubana, las carreteras cubanas, el verde cubano, el sindicalismo cubano, el proletariado cubano. Llegamos al hotel de Cienfuegos y bajamos de la guagua, y en el parqueo hay un rubio que me mira insistente, lo saludo y conversamos en el recibidor después de alojar a los turistas, y me siento logrado, pues el guajiro está entero por los cuatro costados. Y durante el desayuno, el administrador del hotel: «Andaba buscándote para conocerte, vamos a mi oficina, tú sabes, hay que respetar este trabajo, hay que tener moral para trabajar en turismo, hay que ser un revolucionario convencido, hay que saber qué se hace y qué se dice y con quién». Me quedo muy confundido, no sé qué ha pasado y opto por quedarme callado.

El guajiro no aparece por parte alguna, y celebramos el cumpleaños de Lupita, quien paga un banquete para el *tour*. Mientras disfrutamos de la fiesta, descubro al rubio por una ventana y se me acerca: «Coño, compadre, ¿por qué no me comunicaste que eras el guía?, te vi sin uniforme y pensé que eras un delincuente, me has hecho trabajar por gusto estos días». «Dios mío», me dije aterrorizado, «¿es que todos son de la Seguridad en esta isla?». Llevamos al aeropuerto a los mexicanos, incluidos, por supuesto, el sindicalista y Lupita (ya tengo diseñadas las mejoras para mis granjas, según lo visto en Cuba, ya les platicaré cuando regrese), y besa y abraza a su chófer, «gracias mil, que la Virgen los bendiga», y le introduce en el bolsillo del uniforme un sobrecito a reventar, y a mí: «¿Qué quieres que te compre, eh?», «No, Lupita, gracias», y le meto veneno: «Sería en balde, lo que usted me compre tendría que entregarlo, se lo agradezco igual». Lupita se pone seria, me mira muy escéptica y se va con un «adiós» reseco.

Termina el mes de prueba y el jefe nos informa quiénes han sido seleccionados para guías: «Entren a cobrar y ahí se les dirá».

Y a Evelio y a mí: «Prescindiremos de sus servicios, ¿quieren saber las razones?». «No, no nos interesa trabajar en turismo, venimos a cobrar». Y en la escuela de Letras corre la voz de que nos han botado, y el estudio mío sobre *La rosa blanca*, editado por el Centro de Estudios Martianos, lo ordenan retirar de la imprenta esa semana «por problemas de capacidad de edición».

Evelio y yo vamos al departamento del Ministerio de Trabajo, encargado de reubicar a los profesionales inubicables, y nos recibe un pájaro viejo que intenta ajustar la vida de los maricones sin trabajo, hasta que lo botaron (según me enteré) por practicar el amiguismo. A Evelio le da una boleta para que se presente a trabajar de asesor literario en la Casa de Cultura de Matanzas, «¡divino, divino, voy a estar cerca de Varadero!», y a mí me envía a la estación de radio de Ciego de Ávila, donde aguanté el mes de prueba de milagro, no soporté el pueblo, y de regreso en La Habana me encuentro con Maité, una tortillera graduada del curso anterior al mío, y me convence para ir a presentarnos a la Delegación Provincial del Instituto de Radiodifusión en Pinar del Río. Era otro pueblo, esta vez cerca de La Habana. Fuimos a Pinar y en la Delegación una mujer: «¿Ustedes son graduados de Estudios Cubanos?, ¿qué clase de estudios son esos?, ¿están seguros de que los enviaron para acá?, porque no sé qué función puedan cumplir». Y yo: «¿Quién asesora los programas de radio?». Y ella: «El director y los actores, además, ¿ustedes son de la Juventud o el Partido (nos miró convencida de que no, Javy), ¡ah, pues entonces olvídense!». Y Maité: «Emilio, vamos a la Dirección de Cultura». Y me nombran asesor provincial de literatura y a Maité asesora de teatro.

Ambos vamos al Parque chino, el más céntrico de la ciudad, y nuestro flamante jefe nos ve y nos advierte: «Ustedes no pueden sentarse en este banco porque son dirigentes provinciales, y este es lugar de reunión del peor elemento de la ciudad, vienen homosexuales y lesbianas y peludos, y hablan, y son contrarrevolucionarios y ¡no puede ser, no puede ser, no puede ser!, si están aburridos van a tener que buscar cómo distraerse sin sentarse en este parque, recuerden siempre que ustedes son funcionarios, son dirigentes provinciales, ejemplo para la ciudadanía».

Nuestro director de cultura había sido carnicero y su secretaria acostumbraba llenarle los documentos requeridos para sus continuos viajes a Europa, donde escribía chófer, en la casilla de nivel cultural. Y de Bulgaria trae un periódico del cual le había traducido un estudiante cubano en ese país: «Es debido al gran nivel cultural alcanzado por el pueblo cubano que se produce el milagro de un obrero del timón, un proletario chófer, quien dirige la cultura en la provincia más occidental de esa hermana Isla de la Libertad». Y me nombra responsable permanente de las actas de las reuniones y los eventos, y participo de todos los Consejos Populares de la Cultura de Pinar del Río, y de las comelatas y de las fiestas. Y el director: «Esas actas te quedan muy bonitas, necesito que me prepares un discursito para la clausura del evento de teatro, o en la apertura del concurso de artes plásticas, o en el encuentro provincial de danza, tómate el tiempo que quieras, estás autorizado POR MÍ, que el discursito te quede *cuqui*». Y me tomo el tiempo y me voy con Maité y su amiga para los hoteles de Viñales y Soroa, y me empato con unos guajiros pinareños que son la vida misma. Y un día sale un cintillo en el periódico provincial, salido de mi pluma (la de escribir): «En nuestra región, antes llamada la Cenicienta de Cuba, ha entrado, para quedarse, el universalismo danzario, el espíritu de Fokine, el de la Duncan y la evanescente presencia de Alicia, afirmó nuestro máximo dirigente provincial de cultura ayer, en la inauguración de la Escuela Provincial de Ballet».

Organizo el primer encuentro de literatura unas semanas después que Maité renunciara. Y el jefe: «Emilio, se está cambiando la política a seguir con los escritores de renombre con problemitas, vaya, se están descongelando, puedes invitar a quien escojas para que venga como jurado de los concursos literarios, o como invitado especial, te dejo el campo libre». Enseguida viajo a La Habana para hacer contacto con los maricones marginados por su mariconería o por su intelectualidad, y ni Reinaldo Arenas ni Virgilio quieren ir, y Lezama ya había muerto. Y viene uno que habían cogido preso en el baño de la terminal de ómnibus, y uno que habían atrapado mamando en una luneta del cine Neptuno, y el que se la tocó a un negro policía encubierto en un parque, y varios intelectuales apresados en matorrales, alcantarillas, huecos, patios, portales, y uno que se había casado. Y todos: «¿Te has leído mi poemario tal?, ¿te has leído mi novela más cuál?, tengo varios manuscritos nuevos, ¿tú crees que puedas editar alguno?». Y de unas ochenta personas participantes en el encuentro, sesenta son maricones y el resto tortilleras o tapaditos, y mi jefe repite mis adjetivos en el discurso de inauguración, y no se aparece por la clausura, y me subo a la tarima a despedir al hato de maricones intelectuales convocados por mí a Pinar, y les agradezco su presencia, así como las lecturas de sus obras inéditas, que espero aparezcan pronto en nuestras librerías, ¿y por qué no?, en las ferias del libro internacionales.

⚣

Emilito, siempre estás criticándome, porque al mandarte una foto me lavo las manos y no te escribo. Recuerda, la información visual es mejor que la escrita.

Esta foto es de mi viaje a Santiago, en el estado de Colima, México. Es una pequeña bahía donde la gente se baña, una costa rocosa que me recuerda la Playita de 16, sin los pepillones, claro. ¿Viste qué cuerpazo tengo a mis veintidós años? Te juro que la trusa es auténtica, mira la marca, se distingue. ¿Te acuerdas de las trusas que hice con las corbatas de tu papá?

Me voy a un crucero por el Caribe, y me han invitado a ir a Puerto Rico y a Santo Domingo. Iré, a pesar de unos malestares que me dan y el médico todavía no sabe a qué carajo se deben. Dicen que los mulatos dominicanos son la vida misma. Te contaré para que te mueras de envidia, y te quedes en un tacón, como decía la Coppelia.

Te quiere siempre,

Javy

Run for your life

Ese mediodía me habías telefoneado a la Dirección de Acueductos y Alcantarillados, en La Habana, donde luego de mucho ir y venir había conseguido un trabajo como divulgador. Me aburrí de Pinar del Río. Cuando escapé de mi pueblo y me enamoré de La Habana, juré que no volvería a vivir en ningún otro sitio (eres una guajira aplatanada, insoportable).

«Emilito, necesito la llave de tu apartamento», me dijiste sofocado. «Bueno, espérame en una esquina». Tomé el elevador exprimiéndome las neuronas de curiosidad por saber quién era el *logro* que te había empujado a buscarme, con lo malas que se ponen las guaguas con la lluvia. «Cómo estará ese punto, si la Javy para *lograrse* cómoda ha localizado en la guía de teléfonos el número del Acueducto y la extensión de mi departamento, desde el cual redacto los partes informativos para los periódicos de la capital: se suspenderá la entrega del fundamental líquido a partir de las dos de la tarde por una imprevisible rotura, se reiniciará el suministro del imprescindible fluido mañana, se están acometiendo impostergables reparaciones en la conductora de Regla, que redundarán en un mejor servicio a los consumidores del húmedo elemento en la ciudad».

Estabas en la esquina recostado al muro de un portal, atentísimo a la conversación de un mulato de bigotes despampanantes (qué cosquillas me hace con su candado, lo malo es la peste pegada al acabar el *vicio*; bueno, Javy, la perfección no existe, por favor). Era tu profesor de comunismo científico, quien te iba a dar el mejor *concierto* de culo de tu vida, «cochino, puerco, ponerse a mamar esos pliegues botados para afuera, hinchados por el uso y abuso de tu culo funesto, ¡qué horror!». «¡Envidiosa, eres una guajira envidiosa porque los *logros* no te hacen ese homenaje!

Sabes que estás equivocado, me cuido el culo y cierra divino, nuevo».

Lo tuviste en la mirilla desde su presentación en la clase de la facultad de Economía, al hablar estirándose el bigote. Comunismo científico era una de las asignaturas que no traías convalidada de la escuela de matemáticas y se lo agradecías al santoral y a sus afiliados. Estabas en un pupitre de la primera fila.

Saludo a ambos, te entrego la llave y me disculpo por el apuro. Regreso a mi buró de divulgador del imprescindible fluido. Mientras, tú, Javy, abres la puerta de mi apartamento, jadeando, en el umbral del ejercicio, preparado para el mejor *concierto* de culo del mundo. Después de una eternidad en eso, y de tu asma erótica que llenó mi cuarto de hipidos y sofocaciones, de improviso te viras y desapareces en ti la poderosa picha del comunista científico, y eres de nuevo una Osterizer encendida en su máxima revolución, que bate y se desahoga jadeando y exigiendo. Y: «Sáquemela, profe». «¿Cómo?, ¿qué dices?». «Que me la saque un momentico, un minuto, para ir a sentarnos allí». Se trata de mi butacón esquinado, sin brazos y de forro ripioso y muelles muy resentidos por las *desapariciones* que ha soportado desde que tuve cuatro paredes donde *lograrme* y lo traje de mi pueblo. Y tú, constantemente: «¡Ay, Emilito, no me cuentes, tengo que usarlo!, te quise imitar en una silla del comedor que metí en mi cuarto, y la desbaraté, lo perfecto es ese butacón tuyo sin brazos».

El profe, siguiendo tu orden sofocada, saltó de mi cama y se sentó en el butacón. Y su picha era un sostenido señalamiento al techo de mi cuarto (me pone enfermo, Emilito, debe *vivir lejísimo*, flaco y mulato, imagínate, no me concentro en el aula, casi desapruebo un trabajo de clase), y aferrándote al espaldar del butacón, con los pies en sus bordes, en cuclillas, fuiste aposentando el bálano acusador del cielo, de las nubes, de cuanto anduviera por los altos, tu boca de Betty Boop quedó frente a la bocaza del profe y oliste el residual de tus heces impregnado en ella, hedor insignificante en medio de ese bajar y subir tuyos, «lo tengo adentro de mí, profe, adentro», y se besan y se muerden y él te marca el cuello con su bemba de mulato a quien le ha dado (le has dado) locura, y sudas y le repites que lo tienes dentro, y ya estabas al alcanzar el sueño de todo maricón poseído: expulsar la savia sin una sola manipulación de sí, como el espasmódico receptor femenino que encumbra goces y humedades, puesto a punto en los preliminares del amor. Y ambas savias brotaron al unísono, la suya, oculta, aposentada en ti. La tuya mojó los vellos enroscados de su pecho de mulato, y hubo interminables jadeos y ansias cumplidas con mucha locura.

Comprimiendo el salpicado de la savia aún fresca del profe, recuestas tu cabeza en su hombro. Un estruendo, como de demonios martirizando los cielos, retumba encima de ustedes, sacándolos del reposo. En una de las esquinas del techo de mi cuarto se ha abierto una rajadura. Un brinco te tira al piso, «dale coño, esto se cae, dale, nos matamos, carajo». Y muy nerviosos se visten, escuchando gritos en el piso de arriba, «esto es un derrumbe, dale, seguro viene la policía y bajan a investigar». Y corriste al Acueducto a devolverme la llave: «Emilito, ve volando para tu casa, pasó algo grande, de bomberos, ambulancias y eso». Llegué al edificio y la brigada de apuntalamiento, formada por varios mulatones, había levantado cuatro columnas de pinotea en la sala, cuatro en mi cuarto y dos en la cocina y en el baño, y uno de los mulatos pidió permiso para ir al baño y me la enseñó, y aproveché que sus compañeros habían ido a comer y le di un *concierto*. Y por la noche, tarde, el apuntalador regresó. Hicimos *vicio* en el cuarto, desnudos y sin apuro, y se me ocurrió imitar tus trucos en las taquillas de La Concha, y me colgué de los travesaños de pinotea clavados de columna a columna, me *logré* en el aire, Javy, y el mulato estaba encantado de metérmela en el vacío. Viniste a colgarte también (eres una imitadora descarada, insoportable como dices) y seguimos haciendo fiestas a pesar de las columnas de pinotea, y en un cumpleaños mío se apareció Benigno con la noticia que cambiaría radicalmente nuestras vidas: Están-soltando-a-los-presos-políticos-de-las-cárceles-niñas-y-los-americanos-les-están-dando-visas-a-correr-hay-que-casarse-con-una-presa-política. Y apostamos a ver quién se casaba primero. Y tú, Javy, por indicación de un santero, te nos habías adelantado y habías cruzado la bahía de La Habana tres veces para implorarle a la Virgen de Regla que te propiciara la salida de Cuba.

Me escapo a las diez de la mañana de mi oficina del Acueducto para ir a la de emigración, y hablo con los presos, «quiero casarme con una presa política y puedo mantenerla mientras estemos en Cuba, soy profesional, y en Miami puedo empezar a trabajar de inmediato, pues soy graduado de inglés y francés y licenciado en Estudios Cubanos, redacto los partes del Acueducto de La Habana, mi tío vive en Estados Unidos, está bien de posición». Y hablo con un rubiazo que me lleva al Cotorro (¿hasta el Cotorro has ido?, eres insoportablemente) a conocer a una presa y se había casado esa semana, y me presenta una sesentona renuente a casarse y una cincuentona en vías de hacerlo. Y tú te dedicabas a cruzar la bahía para rogarle a la Virgen de Regla. Y Gabito vino: «Los maricones están revueltos en el pueblo, ¿cómo puedo conseguir una presa política también?». Y la gente muestra sus antecedentes penales en las oficinas de emigración: «Le expliqué, ciudadano, usted no cumplió condena por contrarrevolución, sino por perversión de menores». «Me dijeron que eso era una forma de contrarrevolución». «Ahí no está escrito, ¿entiende?, dice perversión».

Y mudan las oficinas de emigración de La Lisa para La Víbora, y corrían las locas a estrenar el local, cada vez mayor. Y corría yo, escapado del Acueducto. Y una tarde: «¿Una presa?, ¿eso es lo que quieres?, hay una compañera mía soltera, no sé si querrá irse». «No se preocupe, preséntemela que la convenzo, mi tío vive en Miami y está bien de posición y soy graduado de inglés y francés y...». «Ve a verla, trabaja en una bodega cerca de Reina y Belascoaín». Y conocí a Lina, una cuarentona que se veía bien en las fotos, antes de la prisión: «¿Usted es expresa política?, yo soy graduado universitario, y sé inglés y francés y gano bastante, mi tío está muy bien de posición en Miami y nos puede ayudar». «Bien, ayúdame a cerrar la bodega para que vayas a conocer a mi familia, te advierto, todavía no he decidido irme». «¿Cómo no, Lina?, ¿cómo no?, ¿por qué, por qué?».

En un casón vivían Lina la abuela, Lina la expresa y Linita su hija menor con dos hijas, y Gladys la hermana menor de Lina la expresa, más puta que las gallinas, con su hijo Omar. En Marianao vivía Antonio hermano de Lina, a quien mató un camión al dirigirse al aeropuerto el día de su salida de Cuba. Y en Isla de Pinos vivía un hermano de Lina, por parte de padre. Lina y Antonio habían cumplido condenas políticas.

Nos casó un abogado por doscientos pesos, precio que incluía la fecha retroactiva de boda en el registro civil, y mis padres conocieron a Lina y les encantó, pues «es una buena mujer».

Hacemos la cola en Emigración para recoger las planillas de solicitud de salida, y Lina me acaricia las manos: «Qué suaves y chiquitas, tú nunca has trabajado fuerte». Me alegro de que Lina me encuentre suave (esa te va a meter mano, Emilito, insoportablemente te la tendrás que templar, acuérdate) y el oficial nos entrega los pliegos y un cartoncito con el número de expediente y la fecha de turno para recoger los pasaportes: tres meses.

En Isla de Pinos los trámites son rápidos, y el hermano de Lina: «Múdense conmigo para que resuelvan, esto es Cuba y nadie sabe lo que pueda pasar». Y nos mudamos para el bohío de mi cuñado, donde dormimos juntos por primera vez, y esa noche me rindo de sueño y por la mañana abrazo a Lina y la despierto y le pido que me la mame. «¿Cómo?». Le acaricio las tetas grandes y suaves y le meto dos dedos en la vagina, y percibo su contracción y calor, y en unos minutos Lina se viene mordiéndose los labios y con un gritico. Saco la mano y un halo pestífero, desconocido, flota en el cuarto, y creo que a mi flamante esposa se le ha ido una especie de peo viejo, y pienso que hasta en los peos las mujeres son distintas a uno, y espanto el peo con un brazo, y al pasarme la mano de la masturbación cerca de la nariz, descubro que lo que apesta son mis dedos. Voy al baño y restriego mis dedos índice y medio con jabón, me los enjuago y repito la operación, y el hedor permanece en mis dedos con la misma tozudez que en el aire. Me horrorizo. «Emilio», es Lina con una voz dulce y alegre no muy habitual en ella, puede que por el efecto de la paja acabadita de hacer (cuánto tiempo sin sexo habrá estado esa mujer, es insoportablemente, y luego venir a dar contigo, uhh). «No pasa nada, voy», contesto tomando el frasco de Moscú Rojo para bañarme las manos con ese perfume chillón que tampoco resuelve el problema. Y tengo dolores de cabeza y malestares de todo tipo para tratar de ahuyentar a Lina.

Voy a La Habana y me *logro* encaramado en los puntales de pinotea de mi apartamento. Voy a mi pueblo, y Gabito: «¿Te casaste?, ¿y cuándo se van?, ¿por qué no me consiguieron una presa?». Volví a Isla de Pinos, y le habían entregado el pasaporte a Lina y el mío no aparecía, presumiblemente porque era graduado de Estudios Cubanos, de inglés y de francés. Había que esperar (hay que esperar a que su pasaporte baje, no ha bajado), y me escapo hacia La Habana muy deprimido y Benigno me avisa que habían quitado los guardias de la embajada del Perú, y que la gente de Marianao, de las áreas exclusivas de La Playa y los delincuentes de La Lisa se estaban metiendo a millares, vamos-niña-que-la-luz-de-alante-es-la-que-alumbra. ¡Ni loco, a esa gente la van a sacar a patadas de esa embajada!

Descartada esa vía de escape, me fui a fletear. Un buen *logro* es remedio santo, inclusive para un pasaporte sin entregar, y tomo el bulevar de San Rafael, donde se fletea las veinticuatro horas, y siento la intuición de ir a casa de Rafa a averiguar el chisme de la dichosa embajada (me hubiera tropezado con ustedes, Javy, y sí, me hubiera metido; ¡eso te pasó por fletera, eres insoportable!), y en la esquina de Águila y San Rafael estaba el mulato apuntalador de edificios, y regreso con él a colgarme de los puntales, a *desaparecerla* en mi butacón ripioso.

A la mañana siguiente, tu madre, Javy, me despierta desesperada, segura de que te habías colado en la embajada: «Sin dejar un papel ni nada, ¡qué miedo, Emilito, esto no va a parar en nada bueno!». Me fui rápido para Isla de Pinos, a esperar una salida que no llegó jamás, y regresé a La Habana, y cuando hablamos por teléfono me contaste de la turba de gente que había cercado tu casa gritándote: ¡mariquita, Cuba no te necesita!, y te escapaste por la azotea para vernos y tomarnos el último helado juntos en Coppelia.

Y volví a la Isla de Pinos, de donde había salido un barco con presos políticos, vía Mariel, y Lina no se había ido por mí, y «mira eso, hemos perdido la oportunidad de la vida, a saber, qué pasará ahora, me toca ir a La Habana a ver a mi familia». Me *logré* esas dos noches que Lina estuvo en La Habana. Me descolgué por los travesaños del bohío, como si estuviera en mi apartamento apuntalado, y los guajiros isleños estaban encantados con la *desaparición* que les venía de lo alto. Me *logré* en la cocina, la sala y el cuarto, en el piso de cemento y bajo una mata de plátanos parida, pues un guajiro aterrorizado no quiso entrar en el bohío.

En uno de esos vaivenes míos, de Isla de Pinos a La Habana, encuentro una citación de la policía porque una embarcación de un familiar esperaba por mí. Y el policía: «Lo siento, ciudadano, esta citación se entregó hace una semana, debe esperar». Y yo: «Mire, compañero, le aclaro, soy homosexual, adicto a las drogas y mariguanero, doy fiestas y he tenido problemas con menores de edad». «Sí, no se preocupe, vaya y espere, se le avisará». Y regreso a Isla de Pinos y hago la cola para comprar el periódico Granma, y leo que va disminuyendo el número de embarcaciones atracadas en el Mariel, y vuelvo a La Habana huyendo de Lina, y Zoila me dice que tú y Rafa se fueron. Y Lina: «Me he quedado en Cuba por ti, me has embarcado por tu mala cabeza».

Lina deseaba que yo la quisiera, a pesar de mis manos suaves. Y yo: «No puedo engañarte Lina, no sirvo para eso, te tengo respeto, afecto, pero no te puedo querer». Al mes se divorció de mí y se casó con un tipo menor que yo, y les otorgaron la salida y se fueron cuando reabrieron la salida para los presos. No hace mucho.

Mr. Postman

Aquel derrumbe, que había estado precedido por tres cartas de quejas engavetadas por Urbanismo y había interrumpido la vida de mi vecinito de los altos, fue escandaloso. A los tres años del hecho, el gobierno finalmente aprobó un presupuesto de ciento cuarenta mil pesos destinado a la remodelación del edificio. El ingeniero encargado del proyecto nos reunió en el centro del patio: «Vamos a mudarlos para un albergue durante seis meses, es lo que demorará esta reparación capital, hay un almacén disponible para que guarden sus muebles, y los que puedan irse a vivir a casa de familiares, mucho mejor». Y Zoila: «Ven, Emilito, ven sin pena, tú sabes cómo es eso y no vas a estar metido en un albergue conviviendo con delincuentes, el cuarto de Javy está arreglado como siempre, y a Augusto tú lo conoces y sabes que no hay problemas».

Y me mudé, y como estaba sin trabajo y sin esperanza de hallarlo por haberme querido ir de Cuba, mis padres volvieron a mantenerme y me pasaba temporadas en el pueblo. Y me enteré de que Gabito se había presentado como homosexual en la oficina abierta para «la escoria» que ansiaba largarse de la isla, y lo habían arrastrado por la calle Real con un cartel que decía: SOY GUSANO Y MARICÓN, colgado al cuello. Mis padres estaban en absoluto desacuerdo con los actos de repudio. Incluso, mi madre, que jamás soportó a Gabito, reprobó la persecución y el conato de quema en la hoguera al que habían sometido a través de la calle principal del pueblo a mi amigo de la infancia, que le decía Sherlock Holmes porque siempre lo descubría mariconeando.

Viviendo en tu casa, Javy, conocí a tu padre, lo cual no has tenido el gusto de hacer. Está sin trabajo, enfermo de los nervios.

Zoila me contó que era un comunista recalcitrante que se la había jugado en la clandestinidad contra Batista y se había pasado la vida defendiendo a los pobres de la tierra y echando su suerte con ellos, a pesar de que a ti nunca te había querido reconocer como hijo suyo. De ahí que tu inscripción en el Registro Civil llevara los dos apellidos de tu madre. Tu padre tuvo una ringlera de descendientes en Cuba y en el extranjero, durante su trabajo como correo internacional (tienes una medio hermana mexicana, tú que detestas los rasgos indígenas). Zoila me confesó su secreto: Enrique la abandonó estando embarazada de ti y a veces le mandaba una tarjeta desde Londres o Madrid, o un cheque de cuarenta pesos, tu padre nunca te reconoció porque había formado familia.

Un día llamó por teléfono y te preguntó por Zoila. Le pasaste el bejuco a tu madre y te fuiste. Y ella le confirmó que habías acabado de salir de la prisión por homosexual y por llamar fascistas a los policías: «No sientas cargo de conciencia, Enrique, Javielito hubiera salido igual de haberse criado al lado tuyo, hay cosas que van a ser cómo tienen que ser, no tengas cargo de conciencia, ni te preocupes por nosotros. Augusto es montador de la construcción y le pagan bastante. No tengas cargo de conciencia, Javielito está terminando su carrera de economía y le han hecho propuestas para trabajar en el desarrollo de un plan de turismo de salud, en el Escambray, y quieren que él dirija esas inversiones, el que está al frente de eso sabe cómo es mi hijo y lo encuentra muy capaz y le tiene confianza, y habló conmigo para decirme lo inteligente que es Javielito y el futuro que tiene por delante, y lo va a solicitar a la universidad desde ahora, para que acumule experiencia y sea un gran economista». Y seguro a Zoila se le rajó la voz y se le escaparon unos lagrimones escuchando su apología del hijo nacido maricón por los siglos de los siglos.

Por dos años dormí en tu cama, Javy, y en ese transcurso mi madre enfermó de cáncer de útero, se operó, le dieron radioterapia y la quemaron y hubo que hacerle una colostomía (esto es por unos meses, se lo aseguro), y empezó a toser mucho y le descubrieron un pulmón tomado por las células malignas. Mi papá se murió de repente una madrugada, ya venía muriendo de verla morirse a ella poco a poco. Y mami tuvo que arrastrarse sola hasta la calle Real del pueblo, para conseguir un carro y llevar a mi padre muerto al hospital.

A los dos años me entregaron el apartamento con bombos y platillos. Habían sustituido los puntales de pinotea en la superficie del cuarto, la sala, la cocina y el baño, por raíles cruzados en los techos. Le habían quitado peso a la estructura del vetusto edificio eliminando dos casas del último piso, y habían pintado los interiores y exteriores con un carmelita aguachento. Encantado de vivir independiente de nuevo, me mudé enseguida, e iba a ver a tu mamá una o dos veces a la semana.

Un día me topé con tu padre. Continuaba cesante de su trabajo como correo internacional, y su esposa actual había sabido de sus hijos bastardos entre los que estabas tú, Javy, y la mexicana. El hijo de esa mujer con tu papá estudiaba filosofía en Moscú y se asiló en Suecia. Tu padre ve a menudo a Zoila, no lo sabrás porque ella insiste en ocultártelo y le dice que estás perdido o te mudas constantemente. Tu padre quiere escribirte y reconocerte como hijo suyo para que lo invites a visitarte y quedarse contigo, pues ya no puede darse los lujos de antaño como correo internacional.

⚧

Emilito, cuántas noticias han seguido a la muerte de Rafa. Se murió Popi, el peluquero de Farah María, y la Yma Sumac va por ese camino. El mulato chulo de la portora amiga mía, la tetona, acabó matándola. Al menos se sospecha, pues el hombre está desaparecido y ella amaneció muerta y robada.

A Benigno lo mataron. Le repetí varias veces que tuviera cuidado con ese ambiente en que se había metido. Benigno se puso a trabajar en un bayú clandestino donde las putas se exhiben encueros, y después, por un huequito, los logros meten su picha. Es algo así, no sé, jamás fui, como habrás de suponer. Pues a Benigno le pagaban por poner su boca o su

culo detrás del parabán o la pared esa, sustituir a la puta y desaparecerla *él. Creo que fue un mafioso de medio pelo, vendedor de drogas,
sospechó que le querían hacer pasar un culo viejo por el de una puta, le
entró a tiros al parabán y mató a la viciosa de* Benigno.

*Y*la Sol, quien tampoco había podido irse de Cuba a pesar del dinero gastado en brujerías para que emigración le diera el permiso de salida: «Emilito, si mi destino es no ir al consumismo, haré que el consumismo venga a mí». Se puso a dieta para bajar de peso, Javy, si la ves no la conoces. Desayunaba una taza de té, almorzaba col y remolacha adobadas con toronja (el vinagre es horrible, Emilito, elimínalo de tus comidas que atrasa, espiritualmente hablando, el vinagre atrasa), pasaba la tarde a té y por la noche se comía una naranja. La Sol había venido a la capital desde su provincia Las Tunas, a vivir en casa de unos parientes, y pronto se aburrió de la plaza de bodeguera que había comprado. Y: «Llevé a unos españoles a conocer el estilo *elíptico* de El Cerro (querrás decir ecléctico, ¿no?), sí, claro, y después unas amigas mías argentinas me invitaron a comer en La Torre y rompí la dieta, ¡qué atraso!, espiritualmente hablando, estoy atrasado, vendiendo este *jean* que me regaló un canadiense, Emilito, por si te enteras de alguien que lo quiera, es la talla 36, atrasadísima». Y luego: «Tengo que conseguirme lo mío para vivir, estoy cansado de luchar la salida, ¡qué va!, tengo que conseguirme lo mío, un apartamento, un cuartico, lo que sea, mío». Mientras bajaba de peso, a la Sol se le aclararon las ideas acerca del nuevo proyecto de vida que debía formularse: «En definitiva, Emilito, aquí uno se tira buenos machos que afuera cuestan un ojo de la cara y la mitad del otro, y, además, hay menos peligro de coger sida». Sin embargo, en ocasiones, la Sol volvía a ser atacada por la ansiedad: «Que cada día es uno menos que se vive y uno metido en esta miseria, con lo que atrasa esta isla, ¡qué chusmería y qué atraso!». «Sol, si tú estás metido en la brujería». «¡Mi padrino es blanco, mi amor!, se me tiene que ocurrir algo,

Emilito, o algo me tiene que pasar, no puedo seguir así». Y mientras meditaba, la Sol practicaba aeróbicos, levantaba pesas y corría doce pistas diarias. Perdió las masas de las caderas, la papada y la barriga, y su cara redonda se le acotejó y se volvió medio macha con los machos, «asere, qué volá, compadre, qué vuelta». Y se relaciona y hace excelentes negocios con la mafia nacional rectora de la economía subterránea, y revende desde pitusas, joyas y computadoras, hasta casas, autos y empresas completas, suministrando a los cubanos con lo que la economía aparente no puede suplir. A la Sol no le bastaba: «Es que no tengo lo mío, no me alcanza para comprarme lo mío, un apartamento, un cuartico, lo que sea, mío». «¿Y por qué te gastas todo lo que ganas con los pepillos?». «¡Ay, no digas eso, qué atrasado eres, compadre, qué lengua, asere!».

Durante una borrachera en la residencia de un capo socio suyo, la Sol escucha una conversación muy atrayente. Había un pequeño puerto en la provincia de Las Tunas donde cargaban azúcar barcos de tripulaciones mixtas: filipinos, griegos y eslavos, y el dólar invadía por oleadas el pueblo. Como no había tiendas para extranjeros, las putas no tenían en qué gastarlo, a pesar de adorarlo con furia. En ese pueblucho rodeado de tierras fértiles, que por alguna paradoja estatal no producían lo suficiente, se pagaban en dólares la carne de puerco, el ajo y el arroz, ¿qué no pagaría esta gente por los productos del mercado paralelo de La Habana? «¿Te das cuenta, Emilito? En ese pueblo corre el dólar como el agua y no hay nada de nada. Podríamos comprar productos en dinero cubano, en el mercado paralelo, y vendérselos a esos guajiros, ¿te das cuenta, Emilito? Ya sabía que algo se me tenía que ocurrir, que algo tenía que pasar, preparemos el viaje enseguida, en ese pueblo vive una tía mía y nos podemos quedar en su casa». Yo me ganaba mis pesitos revendiendo lo que revendía la Sol, y me entusiasmé. Y preparamos el viaje como quiso la Sol.

Las terminales de ómnibus han acabado por desplazar a la palma real como símbolo de cubanía. En estas estaciones de paso se ve lo que nadie se imagina, si bien el denominador común del que llega y del que está esperando partir es el agotamiento. Todo se ve agotado, incluso, el edificio y sus alrededores. Hay un agotamiento total, y esas mujeres embarazadas y los viejos y los niños nerviosos y los hombres, y el piso copado por cuerpos dormidos, lelos o deprimidos, y la gente se mira sin consuelo, y si horas antes conservaban un mínimo de capacidad de comunicación (¿qué crees de esto?, ¿a qué hora saldremos?), nadie articula sílaba, ni piensa ni padece. Y el sudor, el vaho y el olor a pies descalzos y a sobacos, y los negros que sudan diferente, y el blanco que suda como negro, y por una de las puertas han anunciado la salida de un ómnibus y la gente se atropella corriendo, y pasan las horas y solo hay agua en uno de los tres bebederos, y la mayoría vuelve a buscar un rincón donde tirar un periódico y dormir un poco.

Es por la noche y por la madrugada que las terminales se llenan de una población extrañamente fluctuante y despabilada. Y el sexo: «Estoy aquí con enormes y mágicas fuerzas exultadas desde lo ignoto». Y las maricornas especializadas en terminales de ómnibus y de trenes aparecen frescas a la caza de un guajiro entero que acceda a recibir un *concierto* en un do muy menor.

Después de unas tres horas en la terminal de ómnibus, dejo a la Sol meditabunda en una butaca y desciendo a la casa de tía subterránea. Abro una de las puertas de los baños individuales y veo a Guille a la expectativa, acomodado sobre unos periódicos que le protegen las nalgas del borde empercudido de la taza. «¡SSSSssssiiióó!», me dice y me bota aleteando con una mano. Voy al urinario colectivo y orino, y se llena el lugar, y uno se para a vigilar en el último descanso de la escalera, y nos aletea como Guille para que el *vicio* prosiga. Y este del maletín mira a aquel, y el de la jaba de *nylon* se la toca al de la maleta, y el de la maleta besuquea al del portafolio. Y baja uno apurado que quería defecar porque le cayó mal el agua caliente del bebedero y es asediado por quince rostros, y el guajiro rubio entra a uno de los baños individuales y cierra la puerta desarmada que cae al suelo, la levanta y acomoda en

las cuatro hermanas me besan a mí, y ensucian sus batas de casa de saquitos de harina cuando se sientan en el piso y examinan absortas los cuatro maletines colocados en medio de la sala. La Sol pregunta por sus hermanos y por la madre que no quiere saber de ella, y la tía Yunai le replica que ellos viven en la ciudad y que tampoco quieren saber de nosotros, deben estar bien porque a cada rato vienen a pedirnos *dóyares*. Detroit trae café de la cocina. Las demás continúan absortas en los maletines. Y la Sol: «Estas son unas cositas para vender en dólares». «¡Ah!, sí, abre y sácalas mi hijo, en este pueblo no hay nada y seguro te las compramos». La Sol y yo abrimos las cremalleras, y Detroit, Michigan, Losangel, Kigües y tía Yunai revuelcan los maletines y extraen varios pulóveres usados, frascos de colonia Fiesta para hombres, chancletas de las tiendas habaneras, pomos de conservas de Albania (esto es mío, ¡ay, no, es mío!, ¡no, coño!, ¡cojones, niñas, tranquilícense!). La pelea la ha causado unos baja-y-chupa confeccionados por la Sol con telas de sábana y teñidos de colores vivos. «¡Yo lo vi primero, coño, ¡qué no!, ¡qué sí!» Y tía Yunai: «Detroit, Michigan, no peleen, Kigües, suelta ese pomo de compota que todavía no se lo hemos pagado a tu primo, ay, estas muchachitas del demonio, ¡niñas!». Y se fajan por las chancletas y rompen un frasco de Moscú Rojo, y derraman el aceite mineral que habíamos echado dentro de un bellísimo frasco de laca italiana, y se quedan mirando el agua teñida con azul de metileno con la cual habíamos llenado un frasco de Jean Nate. Nos entregaron ciento cincuenta dólares por la mercancía y nos sirvieron un plato de arroz con frijoles negros. Y tía Yunai: «Estos frijoles, ¿saben de dónde vienen?, de La Habana, mi hijo, ¿tú crees que me pudieras conseguir unas libritas de boniato por la capital?, en estos quintos infiernos no hay nada, como si viviéramos en un desierto». «Sí, tía, sí, en cuanto llegue a La Habana te mando un saco de boniatos, ¡olvídate!». Esa tarde acompañamos a las hermanas al puerto, a verlas putear.

El mar, un atracadero, un buque, la oficina de aduana, una cerca y una puerta a través de la cual irrumpen a tierra los marineros, entre unas cincuenta mujeres que les halan los brazos, les alborotan el pelo, los atraen por los cintos, les acarician sus cremalleras y les insisten: «Yo, amor, yo; yo *chucu-chucu* contigo; mí, mí». Y Detroit acaricia a uno, y él observa las uñas rojizas de la prima de la Sol, le echa un brazo por los hombros a un compañero y ambos se alejan. Y Michigan enamora a un griego durísimo (pagan poco, saben lo buenos que están y lo calientes que son), y una puta en un *short* ripioso empuja a una que parece monga. Y yo: «¡Ay Sol, qué barrigonas están!, mira el ombligo de aquella, mira la celulitis de esta, y qué vieja esa, tú y yo podemos putear en este puerto y hacer el triple del dinero que estas extraterrestres». «Asere, ¿qué pasa?, acuérdate, me llamo Senén».

Y vamos a ver a tía Yunai, quien está sentada en el portal cobrando la entrada a los amantes de sus hijas. Kigües camina delante de nosotros con un eslavo que va a pagar cincuenta dólares por los trece años de la niña. Esperamos que entren, nos acercamos y tía Yunai nos cuenta: «En el pueblo hay un solo policía y a su esposa, seguro la vieron, le encanta enseñar el ombligo grande ese que parece un pozo, y no sean bobos y traigan lo que quieran vender, que no hay nada de nada». Nos despedimos y averiguo el origen de los nombres de su familia con la Sol: «Fue un filipino, que estuvo un mes en el puerto con el barco averiado, quien las bautizó como Michigan, Detroit, Kigües y a la tía como Yunai, el hombre era fan de los americanos».

Y la Sol regresaba cada mes cargando maletines repletos de areticos plásticos, sortijas de cobre, espejitos, cigarros y un saco de boniatos, y volvía a La Habana donde vendía los dólares a veinticinco pesos, y así compró a tres funcionarios de la Reforma Urbana para que aparentaran una permuta y le dieran un apartamento, y lo equipó con lo último que conseguía de afuera, hasta con muebles. Y conoció a un madrileño que había venido a Cuba a buscar negros y salió con él. Una noche, el español fue a fletear a la calle Infanta dos días previos al regreso a su país, y se metió en una escalera con dos mulatos que lo desnudaron y le picaron la cara, y la Sol se vio envuelta en un asunto de justicia, le registraron la casa y le encontraron tres dólares debajo del colchón, y tuvo que remover sus contactos con la mafia jurídica para no ir a cumplir a la cárcel por tráfico de divisas, y la madrileña picada se despide de Cuba dándole un *concierto* a un negro en un portal, y se lleva anotada la dirección de la Sol y se la entrega a las madrileñas buscadoras de negros cubanos, y así venían muchos españoles a ver a la Sol, quien cada día era más macha. Y como tenía buena picha, optó por sustituir a los negros y se empezó a templar a las madrileñas, y estaba obsesionada con las pesas y los aeróbicos, y casi sin plumas de lo macha que se volvió.

En cada ocasión que la Sol recibía carta de una madrileña viciosa, recogía su enorme grabadora, lo mejor de sus ropas, su vídeo y los escondía en mi casa. Y recibía a la visitante con la cantinela de siempre: «Me volvieron a robar y no tengo ni sábanas que ponerte, es una desgracia este país, sin ropa me han dejado, sin vídeo ni nada, no te atrevas a salir solo, tú viste cómo picaron a Tomás. Mírame cómo estoy, mírame cómo me has puesto, se me quiere partir, me has hecho tremendo cerebro, eres una enferma, una gallega viciosa, sácame la leche, anda, sácamela leche, ven, me tienes loco».

Un día, la Sol tuvo un accidente en una ruta 22 a exceso de velocidad, y le operaron un pie. Y le hicieron un análisis de sida que resultó positivo, y ahora está internada en el sidatorio de Santiago de las Vegas, donde ha aprendido a hacer macramés y a pintar. En eso se entretiene, esperando la aparición de una cura para el mal.

⚥

Emilito, para qué carajo voy a ir a Europa con lo cara que dicen que es. México me sale prácticamente en nada, y los logros sobran. En cuanto a los museos, en Chicago hay muchos y no tengo tiempo de ir a ninguno. Ustedes viven en un mundo irreal. En este país se vive para trabajar, baby, y el poco tiempo libre es para lograrse.

Quisiera verte viviendo en América, con esas manías intelectuales. Te morirías de hambre. Hasta Rafa, que es peor que tú, ha tenido que acoplarse. Lo bueno es que obtienes lo que quieres. Aunque a veces pienso que cuesta demasiado. Tú lo mejor que haces es quedarte en Cuba. Después de todo, en esa isla uno se logra sabroso.

    Te quiere siempre,

Javy

If I needed someone

𝓘nicié una batalla perdida por todos los siglos de los siglos: reencontrar un trabajo acorde con mi especialidad en Estudios Cubanos. «Usted es graduado en estudios cubanos de qué, explíquese, por favor». «Mire, puedo ocupar una plaza de divulgador, traducir del inglés y el francés, o impartir clases de esos idiomas, de literatura o español, o ser redactor o editor, vea el perfil tan amplio de mis Estudios Cubanos». «Llene esta planilla y llámenos el mes próximo». «Usted no ha sido aprobado por el Departamento de Cuadros por razones obvias». «Lo sentimos, empezó a trabajar una persona con nosotros». «¡Ay, qué bueno que llamó!, disculpe, se nos ha presentado una situación inesperada, no ha sido aprobado el fondo para esa plaza». «Políticamente usted no está aprobado para entrar a este organismo». «Existen razones de peso que lo incapacitan para incorporarse a la nómina de esta editorial».

Y averigüé con la Sol si uno de sus amigos de la mafia podía extraer de mi expediente laboral la copia de la carta de solicitud de salida del país, una de las razones obvias eliminables, puesto que, para la segunda, la mariconería, no había curas bajo la férula marxista tropical. Y el mafioso: «Te consigo una plaza de carnicero, por ser amigo de Senén te la dejo en mil pesos». «¡No!, ¡yo hago cualquier cosa menos eso!». «Bueno, si lo que quieres es ganar una basura, hay una plaza de cartero por quinientos pesos». Y trabajando como cartero descubro al Chino, que bajaba por La Rampa uniformado de secundaria con cuatro libretas ripiosas bajo el brazo, y lo invito a casa y se sienta en mi butacón de los *vicios* y mi *concierto* le da locura, y más locura me da su picha dieciochesca, rosada, gorda y suave. Y luego se acuesta a dormir en mi cama, y sus pies, un diez por lo bajito, colgaban fuera del colchón, incitándome a iniciar el nuevo *concierto* por ellos.

Me avisan de una plaza de traductor en una biblioteca especializada, y fui y conocí a Zunilda, su directora, y no sé por qué me sentí confiado, o era que me habían hastiado las razones obvias: «Mire, llevo años tratando de conseguir trabajo y no me aceptan, en realidad, para serle franco, pertenezco a una minoría sexual, y le aseguro que así como usted me ve, es mi forma de ser y mi carácter, le juro, no soy ningún depravado ni me gusta ostentar ni soy conflictivo, yo fui dirigente de Cultura en Pinar del Río y vea usted lo que me sucede ahora». Zunilda me observa unos segundos, me agradece mi honestidad y me dice: «No me interesan las preferencias sexuales de mis trabajadores, lo que necesito es una persona capacitada como traductor y que, además, redacte buenos resúmenes y se encargue de la edición de nuestro boletín referativo. Toma mi dirección y ve a verme esta noche a casa».

Era en Playa, el barrio donde yo había vivido en el cuarto de la mansión de mi tío. Zunilda me presentó a sus dos hijos y a su esposo, y nos dejaron hablando, y le conté que me había quedado solo y cómo eran las relaciones con mi hermana, «y me siento fuera de lugar, desorientado, respirando frustraciones en vez de aire». Y ella: «Vamos a hacer una cosa, te voy a ir a verificar a tu cuadra, como miembro del Partido puedo hacerlo, yo me encargo». Y no sé cómo Zunilda envolvió a la presidente del Comité, o al de vigilancia, para que diera una buena opinión de mí sin la coletilla de «claro, él tiene sus características». Primera y única vez que no fue estampada en una planilla de verificación el santo y seña de mi característica. El Departamento de Cuadros me aprobó y me instalé en mi buró de traductor-editor por dos meses, porque sobrevino uno de esos armagedones reestructurales de la economía de Cuba y fue racionalizada mi plaza. Y yo: «Se lo agradezco mucho, Zunilda, se lo agradezco como si hubiera estado trabajando diez años con usted».

Y la Sol se hace la macha con un gay rubio y cejijunto que ligó, y estábamos recostados a una de las barandas de hierro que protegen Coppelia, la mata del flete y el helado, y me aburría la filmación de la Sol: «No, asere, porque tú me agradas, y la verdad, quisiera compartir contigo y conocerte, compadre». De pronto: «¡Carné!». Una voz desagradable brotaba del piso, «¡carné!». Allí estaba, enano, amarillo y obeso, el nuevo represor de la mariconería callejera: Rivero. Me inclino hacia mi pierna izquierda para sacarme la identificación de la media (¿te acordarás, Javy?, se habían puesto de moda los pantalones sin bolsillos y tuvimos que habituarnos a llevar el carné en la pierna). Rivero pega un brinco y se pone en guardia: «¿Qué está haciendo usted, ciudadano?». Detengo el movimiento a la altura de la cadera, junto al rostro de la autoridad: «Estoy tratando de mostrarle mi carné». «¡Sáquelo, sáquelo de una vez!». Continúo descendiendo por mi pierna hasta agarrar el documento, presionado por la liga que uso para que no se me desmaye de vejez la media en el tobillo y no se vaya a caer el carné en la calle. La Sol y la cejijunta vacían las cubiertas de sus respectivos carnés, llenas de pedacitos de papel con números de teléfono, direcciones y recados de fletes. Y Rivero: «Por este papelerío en sus carnés, están multados».

Viene un policía en uniforme, toma los carnés y, señalándonos la perseguidora en la que están recogiendo maricones, nos dice: «¡Andando!». Y nos apretujamos con dos en el asiento trasero. El chófer arranca y los uniformados: «¡Maricones de mierda!». Y el chófer lanza un escupitajo al asfalto: «¡Repinga!, le zumba el mango acostarse con uno que tenga cojones, ¡manda pinga eso!», y escupe de nuevo, acelerando ante la luz verde del semáforo: «Con lo sabrosa que es una papaya y que te la pongan así en la cara, y la cojas, la abras y le des una buena mamada que la pongas a parir ahí mismito». «Eso es cuestión de gusto, combatiente», protesta, bajito, uno de los pájaros y nos miramos sonriendo. Y el policía que acompaña al chófer: «¡Cállese la boca, ciudadano, nadie está hablando con usted!, ¡maricones de mierda!». Un tercer escupitajo salpica el asfalto y el chófer corta a la derecha: «Debían fusilarlos, qué coño fusilarlos, yo cogería una cucaña del tamaño de un poste de luz y se las metería despacito para que les destrozara el culo y les saliera por la boca. Yo mandaría a coserles el culo para que se revienten de mierda». Los dos sueltan varias carcajadas mientras el auto se detiene a la entrada de un garaje adaptado a sector policial: «¡Arriba, bajen y entren!».

Dos bancos abarrotados de locas, y de pie, recostados a la pared y a fotos y afiches de dirigentes y mártires, varios entendidos y bugarrones. En un viejo buró, el oficial recibe fastidiado los cinco carnés de identidad que le tiende el policía dispuesto a cosernos el culo. Y sale a proseguir su cacería. «¡Despéguense de los cuadros, ciudadanos, despéguense de la pared!», ordena el teniente, cuyas ojeras recorren el aposento de unos ocho metros cuadrados atiborrado de homosexuales. Y la protestona que nos acompañaba: «¡No hay espacio, combatiente, no hay espacio!». «¡Cállese!». «¡Verdad!, ¿dónde vamos a meternos?». El guardia con arma larga en la puerta, se asoma: «¿Pasa algo, teniente?, vamos a ver si nos tranquilizamos, están al venirlos a buscar».

Un carro-jaula llega y nos ordenan subir. Nos vamos acomodando silenciosamente adentro de la jaula, ansiosos, deprimidos. Un guardia tranca el sistema de seguridad y cierra un enorme candado: «¡Arriba, arre con la patera!, ¡SOLAVAYA!». Viajamos como sardinas en lata, parados, en el suelo, inclinados. De pronto, se expande una peste a fosa, a ratón muerto, a azufre. Nos miramos suspicaces moviendo las narices y buscando un pedazo de atmósfera respirable. Y la protestona: «Bueno, que nos hayan recogido por maricones, pase, no será la primera ni la última vez. ¡Coño, pero que esta desgraciada anónima haya esperado a estar en la jaula para tirarse un peo!, ¡vaya, eso es una falta de humanidad y de respeto! Todas estamos nerviosas y atacadas, y soy tan pedorra como cualquiera, pero por favor, controlemos los esfínteres en esta cerrazón».

Los locales de esta estación de policía habían acogido alumnos y libretas cuando la consigna de convertir los cuarteles en escuelas, y el edificio había vuelto a su uso original, ampliado y modernizado, con los recursos que el trabajo policial requiere para su efectividad. Subimos la escalera en fila india: «¡ah, ahí está el teniente pesadísimo ese!, ¡ay, si me vuelve a tocar el mismo investigador estoy embarcada, me advirtió que si me volvían a recoger iba a hacer que me echaran dos años!, ¡hay dos capitanas con un tipo de tortilleras del carajo!». Subíamos escoltados por el policía que había venido en la cabina del carrojaula, junto al chófer. Los dos guardias, a la entrada de la estación de policía, empezaron a reírse viendo la punta de la fila india de maricones que ascendía hacia ellos: una mulata flaca con una camisa de lamé dorado, el pelo decolorado y un cinturón ancho que le ajustaba a la cintura el pantalón rojo. Y uno de esos guardias: «Es Rivero, lleva una semana acabando con los patos de Coppelia. Ese enano cabrón anda detrás de la medalla».

El vestíbulo es enorme y a ambos lados hay celdas repletas de gente. Y el oficial: «Espérense ahí». Y camina hacia el centro, donde hay una gran meseta de granito gris con muchos policías burócratas detrás, entrega nuestros carnés de identidad, intercambia comentarios y sonrisas con el oficial que recibe los documentos, y regresa. Nos ordena entrar en una de las celdas. Y continúan metiendo pájaros, y el calor, las plumas y las intermitentes evacuaciones de la pedorra nos ahogaban. Y una loca: «¿Quién los recogió?». «El enano». «¡Igual que a mí!». Y una tercera: «Ese es Rivero, 'la sombra' segunda». Y el guardia, abriendo la reja: «¡Arre, carne pa' la patera!». Y empuja a dos maricones. «¿Y a ustedes quién los recogió?». «Uno bajito y gordo muy repugnante». «Igual que a mí». «¡Ah, ese es Rivero! ¿Y a ustedes?». «Uno grueso él, muy cínico». «¡Ese es Rivero!, ¿y a ti?». «Uno sudoroso malísimo». «Él, sí». Y un policía joven pajareaba acercándose a la reja: «¡Ay, mi amiga!, ¿cómo te la sientes hoy?». Y: «¡Arre, carne pa' la patera!», y convencidos de que íbamos a madrugar en la celda, nos tiramos al piso sucio, unos sobre otros, para intentar dormir, y la misteriosa pedorra nos despertaba. Eran las cuatro de la mañana y el policía jodedor: «Oye, sss, oye, mi amiga, no seas tan dormilona, chica, mira, ¡so maricón de mierda!». Y una loca: «Hay que averiguar el nombre del policía este para echarlo en la caldera de los muertos». «¡Ay, yo se lo perdono, está divino, es un filete!».

Amanece, y Rivero se para frente a la celda de pájaros soñolientos y deprimidos: «Ustedes se van». Un guardia nos conduce
a los cuatro a una oficina, y Rivero se asoma por una puerta y
apunta hacia la protestona: «Tú, ven». Y se tarda una media hora
adentro y regresa muy complacida: «Firmen el papel, es para llevar unas estadísticas de maricones y nos sueltan enseguida». En-
tro y Rivero saca una planilla del buró: «mira, queremos ciertos
datos tuyos para resolver esto rápido y ponerte en libertad». Co-
rrobora mis apellidos, la dirección de la oficina postal donde trabajo y: «¿Desde cuándo practicas el homosexualismo?». Y yo:
«¿Cómo usted sabe que soy homosexual?». «Mira, te repito, esto
es solo un control, como se hace con el servicio militar. Es una
cuestión entre tú y yo, de aquí no pasa». La certeza de la libertad
y el tono paternal, íntimo y casi emocionado de Rivero, me ganan para la confesión. Y canto como un magnífico ejemplar de
cotorra. «¿Desde cuándo lo practicas?, ¿con personas mayores,
de tu edad o menores que tú? ¿Por detrás? ¿La chupas?, ¿desde
cuándo? ¿Te masturbas? ¿Haces de activo?, ¿desde cuándo?
¡Cuenta, cuenta sin pena!». Rivero anota mi historial de maricón,
desde mis frotaduras telefónicas y mi primera *desaparición* hasta
mis ejercicios colectivos. Me sentí tranquilo, descargado, ¿qué
perdía al confesar que era lo que era? «Ahora me tiras una firmita
en esta hoja y completo». Tomo el bolígrafo y firmo, y llama al
agente para que me acompañe a la celda colectiva, y buscan a la
Sol y horas después estaban de regreso.

Rivero se aproxima a las rejas: «Ciudadanos (por fin, divino, nos vamos), prepárense para bajar al calabozo del sótano». «¿CÓMO?, oiga, mire», le dije, «yo le juro…». «SILEN-
CIO, si las cosas van bien, el lunes se les deja en libertad».
«¿CÓMO?, oiga, mire…». «SILENCIO, NI UNA PALA-
BRA, digo, si no quieren complicarse. Pueden avisarles a sus
familias por teléfono». Hicimos silencio, pues por algo éramos
maricones, y nos repartieron en unas celdas de cuatro literas,
y comimos unos chícharos aguados con pan a las siete de la
noche después de veinticuatro horas de hambre, y el lunes
temprano nos esposan, nos hacen subir al carro-jaula y bajar

esposados y encadenados en el portal de un caserón de la calle Línea, en cuya entrada rezaba: Tribunal Provincial. Y veo a mi hermana y le grito: «No te preocupes, no es nada, no pasa nada», se me estrangulan las palabras y las inundo de lágrimas y no puedo repetirle que no se vaya a preocupar, como se lo había dicho por teléfono, cuando me preguntó por qué me habían detenido.

Nos sientan en una de las habitaciones acondicionadas como salas de justicia, y nos quitan las esposas, y todavía no puedo creer que he estado esposado y me ha visto mi hermana, y no sé cuánta gente por la acera de la calle Línea, y los familiares de los maricones esposados como yo, y los balcones y los portales, y don Juan de los Palotes.

Y era que el padre del cejijunto había confundido a Rivero con el fiscal y estaba demorándolo en la puerta, y al viejo hay que llevárselo para el hospital cuando comprueba que su hijo no va a tener abogado y que el gordo, a quien le ha estado pidiendo clemencia, es el acusador. Y el viejo repetía: «Imagínense, él estudia en la universidad, qué van a pensar sus compañeros, esta ha sido una confusión, y la madre está enferma, si se entera no sé lo que le pueda pasar».

Entra el fiscal y descubro que es nada menos que Leonardo, mi viejo compañero de frotaduras telefónicas. Me manda a acercarme al estrado. Y Rivero se yergue: «Debido a continuas quejas de los residentes revolucionarios del municipio Plaza y de los que residen en las proximidades de Coppelia y La Rampa, el Ministerio del Interior dispuso hacer una limpieza de elementos antisociales en la zona. Este ciudadano está acusado de escándalo público y ostentación de homosexualismo, como consta en el acta que obra en su poder, compañero fiscal». Y Leonardo: «Acusado, ¿tiene usted algo que decir?». «Claro, eso es mentira, yo no estaba ostentando de nada». Y el fiscal abre un archivo y le pide al acusado que verifique si esa es su firma, al pie de la planilla, «sí, esa es mi firma, el investigador nos...». «¿Reconoce su firma? Entonces no hay nada que decir, ¿algún familiar desea aportar algo?». «Sí, yo, su hermana, para explicarle, no sé qué

Ernesto González

habrá firmado él, es muy buen muchacho, no porque sea hermano mío, pueden ir a verificarlo a la universidad. Saca muy buenas notas y es muy estudioso, y los profesores...». «Bien, muchas gracias, puede sentarse o ir a tomar un vaso de agua». «Es que...».

Y Leonardo: «Acusado menganito de tal, pónganse de pie y acérquese al estrado». Y Rivero: «Debido a continuas quejas de los residentes revolucionarios...». «¿Tiene algo que decir?» «No». Y el jurado-fiscal delibera y nos ordenan pararnos, y a fulanita de tal se le multa en cien cuotas de a peso y se le prohíbe transitar por la zona de Coppelia y La Rampa durante un año; menganito de tal se le multa a cien cuotas de a peso y se le prohíbe concurrir a Coppelia y a La Rampa un año; sutanita de tal, cien cuotas de a peso y se le prohíbe acudir a... Y mi hermana me abraza y me besa: «Ya sabía yo, no podía ser de otra manera, y ahora a estar tranquilo, Emilito, por favor». Y la Sol, a mi oído: «Oye, ¿y dónde se metió la que protestaba por los peos?». «¡Ay, no sé!», y nos miramos y concluimos que esa comadre desaparecida debe pertenecer al aparato[20], y la loca santera pregunta también, y promete: «A esa sí la meto en la cazuela, cómo no, no se me va a escapar, sé cómo se llama y la meto en la cazuela esta noche, como que dos y dos son cuatro».

Y el Chino se perdía de casa y sé que acostumbra ir a Coppelia y a La Rampa a fletear extranjeros para que le compren en las tiendas, y un sábado de noche me desesperé y fui a buscarlo, y nada más cruzo la calle 23, Rivero me fue para arriba: «Ciudadano, ciudadano, venga acá, deme su carné, yo lo conozco a usted, ¿no?». Y me metió de nuevo en la perseguidora, y en la oficina atiborrada de entendidos alguien asegura que «el hijo de Rivero es un maricón fortísimo, de cejas sacadas y todo, vive por Mantilla a tres cuadras de una amiga mía, lo conozco perfectamente bien...». Y mi hermana de nuevo en el segundo juicio: «Él tuvo poca atención cuando niño, porque

[20] Aparato (popular): En Cuba, Seguridad del Estado. *(N. del E.)*

mis padres eran perseguidos por los esbirros de Batista y eso debe haber contribuido a su personalidad, el fiscal es de nuestro pueblo y puede atestiguar quiénes somos, él sabe que siempre hemos sido una familia de revolucionarios...». Me ponen una multa de doscientos pesos por desacato y la prohibición de visitar Coppelia la extienden a dos años, y el jefe de sector de la policía empieza a citarme cada mes: «Firma esta advertencia, fíjate, no puedes ir a los carnavales, no puedes meterte en ningún tumulto, no puedes recibir homosexuales en tu casa, no puedes andar en grupo, no puedes dar escándalo, no puedes vestirte de forma extravagante, no puedes, no puedes, no puedes...».

Y con el resultado de mis ventas de productos La Sol, Javy, compré un vídeo y un televisor a colores y un radio-tocadiscos-grabadora, tres de las grandes aspiraciones del cubano, a las cuales no había tenido acceso a pesar de mis Estudios Cubanos. Y una tarde conocí al Indio, en el Radiocentro. Me senté junto a él y le rocé los brazos fuertes y prietos, muy lampiños, y le pegué una rodilla y hablamos, y fuimos a casa y le puse una película pornográfica, y en la sala se le paró la picha gorda, cabezona, india, y me templó mirando las escenas. Y al rato vino una amiga mía, estomatóloga y con auto, y se lo llevó, y se pierde unos días y reaparece (no hice nada, me dejó en La Habana Vieja, imagínate, cómo están las guaguas no iba a despreciar la oportunidad de una botella), y empieza a quedarse a dormir en mi cama a causa de una bronca con su mujer, y el hijo, de meses, se le enferma, y él va a cuidarlo al hospital y está muy preocupado y muy sentimental, y yo lo recomiendo a un amigo mío que trabaja como pediatra en el Hospital Infantil, y el Indio, abrazado a mí, me cuenta cómo mejora su hijo cada día, «ahora está haciendo la caquita más dura, el muy cabrón me meó la barriga, y me vomitó arriba el muy desgraciado, aprendí a ponerle los culeros y a darle la comida y le gusta que se la dé, mira su foto, Emilio, ¿no se parece a mí?».

El Indio duerme abrazado a mí, Javy, y me besa la nuca de madrugada. Y yo, que nunca he soportado dormir con nadie, reconozco que necesito amanecer y verlo, y acariciar sus muslos prietos y su lampiña suavidad, y cuando estamos siento su vena, Javy, es un gran venático, tú lo hubieras adorado, y al final de un palo nos ha dado mucha locura y un cabezazo hiere nuestras frentes, y nos abrazamos y nos echamos a reír.

Y es Nochebuena, nuevamente, y hacemos la cola del restaurante Moscú para celebrar la ocasión tomando sopa rusa y pollo frito, y el Indio no se suma al grupo porque está reconciliado con su negra de La Habana Vieja, y comemos, y regreso a casa y se me ocurre contar el dinero que guardo en el escaparate y me faltan cien pesos. Y la Sol: «¿Quién va a ser, Emilito?». «No, no puede ser él, no lo creo, no puede ser». «Tú eres medio comemierda, Emilito, ten cuidado, ese indio te puede traer líos». Y lo boto de casa y él busca un policía: «Mira, díselo a él, acúsame ahora». Y yo: «No, no puedo acusarte sin pruebas, simplemente deseo que no vuelvas a venir a mi casa». Y después, alguien: «Oye, Emilito, ese indio tuyo es de la Seguridad, está muy raro que te haya traído al policía de verdad».

Un domingo, al mediodía, llego a casa y veo la puerta entreabierta y es que me habían robado el vídeo y el radio-tocadiscos-grabadora. Aviso a la policía, «¿usted vive solo?, ¿usted recibe gente?, ¿cuántas personas duermen en esta casa?». Los policías observan la cama, los espejos y el butacón de los *vicios*, y sonríen entre ellos, y hay uno que escupe en el baño y otro que anota desganado los artículos robados. Y viene el jefe de sector: «¿No te advertí que no metieras a nadie aquí?, te dije que no podías recibir antisociales, esto lo hizo uno que te visita, bien que te lo advertí, fírmame esta advertencia, es la tercera y la última, después se te puede juzgar por peligrosidad».

Un carpintero del barrio vino y me reforzó la puerta de la calle colocándole un cintillo de hierro pegado a todo el marco. Pero al cabo de unos quince días volvieron a romper la puerta reforzada con un cintillo de metal. Me robaron la ropa. Avisé de nuevo a la Brigada Especial. Y: «¿A quién has recibido en estos días?, ¿con quién te ves?, ¿sospechas de alguien?». «Sí», y les escribí en un papel la dirección del Indio. Se lo llevaron preso, con un *jean* puesto y un par de tenis nuevos. Me avisaron para que fuera a la estación de policía a identificarlo. Fui, y un oficial: «No, no sabemos nada de ese caso, siéntese y espere». Le pregunté a un capitán y tampoco sabía: «Siéntese, siéntese donde estaba y espere». De lejos, distingo al jefe de sector. «Ah, sí, viniste, bueno, tú sabes que hay un problema. Soltaron al sospechoso porque no había pruebas suficientes para acusarlo y se habían cumplido las setenta y dos horas de prisión preventiva. ¿No quedamos en que vendrías a identificar las ropas del ladrón? Sí, sí, te estoy explicando, ha sido un error de procedimiento, pues debieron esperarte para proceder a su identificación. No hay nada que hacer». Y la Sol: «¿No has vuelto por la estación de policías?». Y yo: «¿Para qué?, no tiene sentido».

Un día me citan para el Departamento Técnico de Investigaciones y un investigador me entrevista (nombres, apellidos, dirección, ¿por qué trabaja como cartero?, ¿qué son esos estudios cubanos?). Habían capturado una banda de delincuentes por mi barrio, que habían cantado como unos papagayos, «una de las casas robadas fue la tuya, estamos localizando tu vídeo, y tenemos preso a un indio que confesó haberles dicho a los ladrones el horario de tus movimientos». Me citan para el juicio y confundo el día de la semana, y voy de igual manera y nadie me sabe decir cuál ha sido la sentencia, o ni siquiera si hubo juicio. Jamás apareció el vídeo, ni la grabadora, ni la ropa ni nada. Y la Caja de Resarcimiento me citó para resarcirme del robo con doscientos cincuenta pesos, incluido un descuento de procesamiento ascendiente a un treinta por ciento de cuanto debían devolverme: «Ay, no me mire así, compañero, yo estoy aquí para darle su cheque y nada más, lo demás vaya a averiguarlo con el director, con la policía, escriba al Comité Central, no sé, conmigo no la coja».

Han visto al Indio en guaguas y por los repartos de La Habana, y una vez me lo tropecé por Belascoaín al entregar unas cartas, y se hizo el que no me vio y dobló por una esquina enseguida. Un día, la Sol lo vio hablando con un calvito y le iba a avisar que era ladrón, «lo pensé mejor, no voy a meterme en esa candela, está probado que el Indio es del aparato, sí, Emilito, es de la Seguridad, ¿cómo no va a serlo?, ¿eres comemierda o todavía sigues enamorado de él?».

⚥

Javy, tu pregunta me martilla en la cabeza como si me la hubieras hecho ayer, no hace once años. Mientras aguardabas la citación para irte por el Mariel, una tarde escapaste por la azotea de tu casa temiendo la denuncia de un vecino y que, para impedir que te fueras de Cuba, gratuitamente una turba te pateara y un policía confiscara tu pasaporte y te acusara de provocador y contrarrevolucionario, y de escándalo público y de ser un maricón asilado, a quien se le había prohibido caminar por las calles de su ciudad. Insististe: Me muero por tomar chocolate, Emilito, ¿tú sabes lo que es estar trancado sin saber si me llegará la salida? Javy, ¿te das cuenta de lo que puede costarte esta escapada? Eres insoportable, Emilito, no me pelees, con el tiempo que hace que no nos vemos. Nos habíamos encontrado en una de las canchas de abajo de la mata del flete y el helado, como habíamos acordado por teléfono. Emocionado te estreché la mano y se me escapó un lagrimón. Te hiciste el desentendido, nos sentamos y pedimos una ensalada de chocolate, es del bueno, no del aguachento, no está mal para una despedida. Y saboreando la última cucharada de tu helado favorito en tu boca de Betty Boop, me miraste fijo y me susurraste en un tono que jamás te había oído: Emilito, dime una cosa, ¿por qué ese odio contra nosotros?, ¿eh?, ¿por qué crees que se hayan ensañado tanto? No lo entiendo, por más vueltas que le doy. No lo entiendo. Si solo somos unos maricones fantasiosos y unos bohemios enamorados de las pingas.

Magic mystery tour

He estado leyendo tus postales, Javi, tus cartas y las de Rafa (las de Gabi son escasas y no sé dónde las he metido), y se me pasó el mediodía en eso. En unos minutos voy a levantarme, almorzar un pedazo de pan con lo que sea y sentarme a escribirte, no puede pasar de hoy. Es que me operé el día ocho y estamos, de nuevo, a veinticinco de diciembre (otra Navidad separados, Javy, y el recuerdo de las que pasaba con mis padres, luchadores por un país distinto, aunque no se comiera carne de puerco en Nochebuena ni se volviera a celebrar la Navidad), y lo que hubiera sido un acto quirúrgico sencillo para coser un repunte de hernia en las paredes de mi ingle, ha devenido en un hematoma del cual mana sangre constantemente. Y me llevan en una camilla al salón preoperatorio, y recuerdo el *concierto* que me dio el enfermero antes de afeitarme el abdomen y el pubis, al prepararme para la cirugía; y dos mujeres esperan para hacerse legrados, y una enfermera me pone el suero y un cirujano entra a la habitación a hablar por teléfono: «Súbenos un poco de tilo, un cocimiento de cáscara de naranja, un poco de agua con azúcar, lo que sea, es la una de la tarde y estamos en el salón desde las siete de la mañana, así no podemos continuar operando, habla con el director, con el administrador, ¡con quien sea!». Y entre los chismes de hospital escucho que unos cubanos se agreden en la calle (como hace once años, Javy, tú bien lo sabes), y ahora interrumpo el flujo de recuerdos y la lectura de tus cartas y postales, para ir al baño a secarme el hematoma cuyo manar me despertó al amanecer, y hay un hematoma y una sangre que no mana, tú bien lo sabes. Sin embargo, a pesar de ello, a pesar de que se habla de evacuar La Habana por falta de petróleo, de agua, de comida; a pesar de tanto inútil desgaste y de ese apocalipsis que anuncian, cierto optimismo que creía perdido se adueña de mí: dos gorriones se están hociqueando en la azotea del edificio de al lado y los observo por la ventana, intransigentes dadores de amor cuya capacidad nos es extraña, lejana, baladí.

Anoche cubrí el hematoma con un pedazo de algodón que me regalaron (ni eso hay, Javy), me puse un trapo y fui a la Misa de Gallo en la Iglesia del Carmen, donde había quedado citado con tu enviado de Chicago, y me cuenta que te conoció por unos amigos comunes en un concierto (real) en un teatro (a Javier lo trata medio Chicago), y me confiesa tu enfermedad, no quieres que tu madre lo sepa: «Su esperanza es aguantar vivo con las medicinas, hasta que aparezca una cura, fue muy promiscuo, demasiado, él lo admite, lo atiende una doctora bautista que lo quiere muchísimo, si se siente bien va al ballet o sale a cenar, está trabajando las madrugadas que no hace crisis y se ve obligado a ingresar, ¡el pobre!».

En una de estas cartas, Javy, me contaste que una vez habías comulgado sin confesarte, y te aterrorizaba la idea de ir a parar al Infierno. Me alegraron tus repuntes de religiosidad, pese a que violaran los sacramentos. Hay que buscar una respuesta en medio del caos, Javy, hallar una dirección. Hay gente que lo ha hecho. Desprende de ti cualquier sentimiento de culpa y sigue los dos consejos de Juan de la Cruz para sentir a Dios: entrar en sumo recogimiento y hacer con las cosas como si no fueran.

Hacer con las cosas como si no fueran, qué cómodo para ti, Emilito, creo escucharte, que no se te está llenando la cara de manchas y nunca has sufrido veinticinco diarreas en un día, y no tienes que correr solo para el médico porque la pérdida de líquidos y la presión baja te dejan sin aliento, ni fuerzas ni equilibrio, y te sientes muerto.

Javy, sé que no puede ser fácil hacer con las cosas como si no fueran, sin embargo, deberías intentarlo, el resultado de ese esfuerzo es invaluable. Fue una propuesta de Rubén, una noche en que salí a oxigenarme al Malecón, a buscar mi utopía lejos de las habituales zonas de flete, en una depauperación inimaginable, amigo mío.

La calle Infanta apagada, de esas paradas de guaguas entre Carlos III y San Lázaro, plenas de posibles conquistas, no queda ni recuerdo. Tanques de basura desbordados, apestosos, llenos de moscas que se meten en la boca al cometer la locura de dedicarme a fletear bajo esas condiciones, «sí, la 37 sigue pasando, mira compadre, ten cuidado, no te recuestes a esa columna, está al caerse». Y puede triturar tanto a los fleteros que buscan iniciar un diálogo como a los pobres inocentes que están esperando la guagua. Y en la piloto[21] de la esquina hay un tumulto de compradores de cerveza a granel, y se empujan e insultan encaramando sobre sus cabezas los cubos blancos, rojos y azules, y latas y jarros de cocina tiznados; y hay hombres y mujeres sentados en el contén de la acera, y un negro viejo está atravesado en el portal de donde anteanoche me llevé un mulato milagroso, y una mulata joven desdentada se ríe a carcajadas, y a una rubia se le cae de la mano la jarra de cerveza, ¡repinga!, y a un negro se le ve saraza ofreciendo ron a cincuenta pesos la botella, y un rubio se cae borracho en la calle y no son ni las diez de la mañana todavía, y el tumulto de latas y cubos levantados se acrecienta, ¡pinga, cojones, coño de tu madre!, y se forma una bronca, y la policía intenta dispersarla infructuosamente, alguien saca una navaja y hiere a dos, y el grupo no se dispersa y siguen hiriéndose y golpeándose hasta que unos policías disparan al aire, y corremos hacia la Iglesia del Carmen, y entramos interrumpiendo la confesión colectiva de la misa.

Y de noche camino por Malecón, y dos negros toman aguardiente con unos extranjeros, y me siento frente a la inmensidad oscura del mar, y debajo, en las rocas, dos negros la tienen afuera y una loca gorda blancuzca les está dando un *concierto* doble, soltando y agarrando cada picha, de una manera medio germana. Tiene abierta la camisa floreada y se le mueven las tetas y la barriga yendo de una picha a la siguiente, y

---

[21] Piloto (popular): En Cuba, lugar donde venden cerveza al por mayor.

los negros se miran riéndose, y uno hace un gesto de aburrimiento y me mira para ver si estoy en disposición de sustituir
a la gorda. Me levanto y me largo caminando sobre el muro.
Y en el siguiente tramo, rodeada de tres hombres, una muchacha se empina una botella de ron con el brazo derecho y un
recién nacido en el izquierdo; y proseguí, y cuatro locas ento-
nan zarzuelas y una un bolero, y un pepillo está proponiéndole
una niña a un extranjero; y un negro me pregunta la hora, y
aparecen dos policías y nos piden el carné (ahora se cuadran,
Javy, y dicen buenas noches), «cuántas jevas ligaron, ¿están
solos?, ¿están opacados, compadre, o qué?». Y me siento en el
muro del Malecón, y un desgarbado de mi edad se aproxima:
feo, flaco, desarreglado, con un rabo de mula, me llama la
atención y lo miro, y él me saluda y me da la mano y conversamos. Es dramaturgo y director de teatro, han irrumpido en
los escenarios cubanos, a estas alturas, el desnudo, el teatro de
la crueldad y del absurdo. Rubén escribe y monta teatro an-
tropológico. Y nos vemos a diario, y me habla de Juan de la
Cruz, de la región adinámica y de zen. Y le cuento que en la
oficina del correo me quieren procesar para el Partido Comunista, aclaré que era homosexual, y el administrador: «No nos
preocupa, necesitamos gente trabajadora ejemplar, seria, responsable, piénsalo y te empezamos a procesar, avísanos».

Y creo, Javy, que, si me hubiera ido de Cuba, jamás hubiera
analizado lo que dijo Juan de la Cruz hace cuatrocientos años
(eso de santo es una añadidura de la iglesia, Emilio, y no es
importante), si me hubiera ido de Cuba, tampoco hubiera dedicado tiempo a viajar por los silenciosos corredores de mi
región adinámica donde la paso bien y desde donde regreso
cada vez más libre. De haberme marchado, Javy, nunca habría
aprendido que tú y yo, y los demás que se fueron, y los que
nos quedamos, todos, usando radios diferentes, vamos acer-
cándonos al centro de una misma circunferencia. Asume tu
propio radio, por terrible que sea. Él es en realidad el frag-
mento de una cadena de tramitaciones necesarias para sentir

a Dios. Asume tu radio y haz con las cosas como si no fueran. Descarta la angustia y quema, destruye tus temores, incluso, el temor a la muerte, quizás ese como ninguno. Despréndete del miedo y estarás apto para comprobar que, en este segundo, dentro de nosotros, está la eternidad, acogedora y amorosa, propiciando nuestro crecimiento definitivo.

Índice

Habana soterrada

La vida erótica de Enos gira alrededor de la vibrante, pero soterrada escena gay habanera. A través de la historia se vuelve menos promiscuo y se empeña en fundar una relación estable, con resultados fallidos. En cada intento, Enos descubre que sus apetitos sexuales son más fuertes que su deseo de estabilidad emocional, y constantemente traiciona sus propios intentos de búsqueda amorosa. Con una mezcla de lenguaje poético, escatología y citas del budismo y la cábala, el narrador describe la dicotomía entre la vida del protagonista y su búsqueda de paz interior. Al final, Enos encara muchos retos y dificultades que lo llevan al borde de la muerte. En el camino ha aprendido algo valioso: se conoce mejor a sí mismo y eso le trae la comprensión y la paz de que ha carecido toda su vida.

Descargue cuando acabe

Reinaldo Sands y su compañero de travesía en balsa reciben un inesperado y caluroso recibimiento gay en South Beach. Luego de algunas extravagantes aventuras en la ciudad del sol, Reinaldo realizará su sueño de fundar y dirigir el programa de micrófono abierto *El Trapiche*, que será tanto su triunfo como su perdición, al tocar las teclas desentonadas de la libre expresión floridana. Carlos conocerá a su hermana, a quien la historia dará con razón el título de Primera Balsera Cubana. Después de una Nochebuena de platos y cubiertos plásticos, y de pasar por una amante cuyos goces asmáticos lo entusiasmaran tanto, Carlos decidirá partir a Chicago, en pos de su sueño de conocer la América profunda, y donde sabrá lo que es el *swing*, entre otros muchos encantos. Leda Johns, dentista gay, travesti y *vedette*, de personalidad impredecible como sus gustos, nunca confesará, sin embargo, cómo logró salvarles la vida y mantener saludables durante la travesía a los descarrilados mulatos que la metieron en el ingenio náutico y la sacaron de Cuba para redimir su sueño de ser una de las estrellas de las bellas artes en Miami. El Anciano

Mongo logra sortear con éxito el encuentro que propició inconscientemente entre la congregación religiosa que dirige, los Declarantes de Jesús, y la balsera-estrella Leda Johns. El sueño de Mongo, de convertirse en redentor, se cumplirá antes del final de los tiempos. Víctor y Alegría huyen del destartalado tráiler californiano adonde los llevaron los coyotes, hacia la ciudad de los vientos, donde sus sueños se volverán realidades extraordinarias. Cuba, al fin, realizará su sueño de tránsito al primer mundo, aunque en compañía de ciertas asepsias y complicaciones tecnoeróticas comparativamente insignificantes con su reciente pasado. El planeta acabará clonado de un polo a otro, de un hemisferio al contiguo, pletórico de gentes apuradas, sexo virtual, ignorancia galopante e insatisfacciones desconocidas hasta ese momento.

Memorias de una bodega habanera

La Habana de finales de los 80, antesala del Período Especial, con sus riesgosas exposiciones de arte y sus conciertos de *rock* patrocinados por una sola marca registrada, sus derrumbes, sus navajazos, con los primeros apagones a pasos de L y 23... Una ruinosa bodega de El Vedado, melancólica, aunque esperanzada, cuenta las historias de sus clientes artistas, maestros, médicos, retirados y simples amas de casa que corren a comprar la sal atrasada y el jabón adicional en su mostrador. Azucena, la pionera comprometida que no dejaron estudiar medicina, el maestro de inglés bajo asedio, el médico defraudado, el científico aburrido de las reuniones que interrumpen sus investigaciones, los que desean sinceramente que las cosas mejoren, los oportunistas de siempre. El que se dispara un tiro en su auto de funcionario, los que escapan, los que se yerguen y cristalizan esa metáfora tan mal interpretada que habla de caminar sobre la turbulencia de las aguas. Por encima de todo, un espíritu capaz de responder a los más terribles retos. Un mosaico de colores e intensidades: Cuba.

Bajo las olas

Un profesor de francés visita Mount Desert, la hermosa isla donde vivió Marguerite Yourcenar, en Maine, por cuarenta años, y la ocasión es propicia para rememorar la conexión tan extraña como real que lo ató a la escritora, a quien, sin embargo, jamás conoció. La Yourcenar, por su parte, retorna para relatarnos primordiales etapas de su existencia junto a su padre, Grace y Jerry, a quienes llamaba «los tres acordes más bellos de mi vida». Las voces de la escritora y del profesor forman un dueto que clama con urgencia por una real interacción humana, por la activa incorporación del otro, que es una extensión del sí mismo, por la restitución de lo sagrado en nuestro diario vivir.

Todas las ausencias

Ely, esposa del «Padrino de Centro Habana», emprende la odisea de la salida de Cuba con su familia a inicios de los años ochenta. Por su hogar desfila un espectro casi completo de la psicología del cubano que ha decidido partir o no. Los matrimonios con expresos políticos, los tenebrosos meses del Mariel, la discriminación y la ignorancia que la acompaña, el oportunismo, la avaricia, la traición, el egoísmo y, además y por encima de todo, el implosivo amor familiar, la amistad entregada, la solidaridad, el desinterés auténtico, la espontaneidad y la interacción humana genuina. Lo mejor, lo peor y lo atemperado de la compleja idiosincrasia cubana desbordan la vida de Ely y se reflejan en su familia, en sus amigos y en sus conocidos, quienes desfilan por este texto que se construye a sí mismo en cada página. La historia del insilio y del exilio de estos personajes nos incita a cambiar de Gestalt, a identificarnos con el todo tanto como con las partes, y constituye un aldabonazo a quienes emigran, acerca de los retos y el precio que la existencia cobra en cualquier circunstancia, y cuyos frutos tampoco calman esa sed extraña que la ilusión es incapaz de satisfacer, según asegura el autor japonés Kobo Abe en el exergo de esta novela.

2x2 no siempre es 4
Carlos A. Dueñas Aguado

Mujeres mojadas
Luis Pérez de Castro

Exorcismo Final
Yovana Martínez

2017
caawincmiami@gmail.com
www.cubanartistsaroundworld.com